託狐の契り

目次

第二部

託孤（たくこ）――死んでいく親が残された幼い子どもの養育を人に託すこと

はじめに

この物語の主人公は保科正之という人物である。

江戸初期、二代将軍徳川秀忠の庶子に生まれ、その素姓から市井に引き取られたが、のちに兄の三代将軍徳川家光に引き上げられた。

家光亡き後、幼き四代将軍徳川家綱を補佐し、幕政を武断政治から文治政治に転換、政権の安定を取り戻した、徳川幕府中興の祖と言われた男である。松平会津藩二十三万石の始祖として、その藩政にも仁政を発揮し、名君と呼ばれた。

この保科正之を語るに、戦国期までさかのぼり、ひとりの女性の物語から始めようと思う。

名を松姫という。

戦国最強の武将、武田信玄の五女である。

物語は、彼女が七歳を迎えた永禄十年(1567)末、武田信玄の居城、甲斐の躑躅《つつじ》ヶ崎館から始まる。

第一部

婚　儀

「お松！　お松！　松はどこじゃ　聞いたぞ、聞いたぞ。まっこと良縁じゃ！」

降り積もった雪の深さ以上に、盆地特有の底冷えがする躑躅ヶ崎屋敷に、冷気を打ち破るような大きな声が響き渡った。

――あの声は五郎（盛信）お兄様！　いつお帰りなられたのか。

侍女たちと炬燵を囲んでカルタ遊びに興じていた松姫は、素早く立ち上がると、廊下に出て、声のする方を見つめた。

「おう、お松、久しぶりじゃ、達者か。しばらく会わぬうちに一段と美しうなったのう」

兄は自分と見ると、何時もまずこう言う。兄にとって単なる〝あいさつ〟に過ぎないと思うのだが、恥ずかしい。でも、他の兄弟に言われるより、松は遥かにうれしい。

「兄上様、何をそんなに大声を。周りの女子《おなご》たち、皆笑っておりまする。恥ずかしい」

「それは悪かった。わしの声が大きいのは地声じゃ。許せ」

廊下を走ってきた盛信は、松を抱きかかえるようにして部屋に入ると、松を座らせ自分もその場で胡坐《あぐら》を組んだ。

部屋にいた侍女たちが二人をほほえましそうに見ながら静かに部屋を出ていった。

「兄上様、いつお帰りに？　此度《こたび》はどのような趣きで？」

一年ぶりに会う兄の顔を見ると、話したいことがたくさんあった。

「いや、大したことではない。父上のご意見を伺いに参っただけじゃ。そんなことより、父上より聞いたぞ、松の縁談が決まったそうな。相手は織田信長殿の嫡子、信重殿というではないか。いや、これはめでたい話じゃ。のう、松、そなたもうれしいであろう」

「私はまだお嫁にはまいりません。父上様からは、婚儀の約束をしたまで、と聞いております」

「分かっておる。いくらなんでも、まだ七歳のお前が嫁に行くのは無理じゃ。しかし、この話、あの信長殿からのたっての申し入れというではないか。

信長殿と言えば先年、田楽狭間《でんがくはざま》で、上洛を目指した今川軍五万の大軍をわずか四千の兵で打ち破った誉れ高き勇将ぞ。そちはその男に見染められたのじゃ。

何はともあれめでたい話じゃ、のう、松」

盛信は我がことのように満面の笑みを浮かべて言った。

「城内には、清和源氏の流れをくむ武田家と小豪族の織田家では格が違うなどと詰まらぬことを言う者もおるそうだが、父上も大層ご機嫌であったぞ」

「兄上様は、松が早く嫁に行った方がうれしいのですか」

唇を少しだけ尖《とが》らせて、拗《す》ねた声で尋ねた。

「いや、そのようなことはないぞ。松はとてもかわいい。姉妹の中で一番じゃ」

「本当に？」

「だから、松のことを心配しておるし、また、今回のことに喜んでいるのじゃ。それに、信重殿はわしと同い年とか。何やらとても楽しみなことよ」

松姫は四歳上のこの兄を慕っていた。兄もまた、すぐ年下の自分をかわいがってくれていた。

一つには母が同じ兄妹ということや、年齢的に近いという身近さもある。だが何よりも他の兄弟には無い兄の性格である。まだ十一歳ながら豪胆さと密さを備え、性格は明るく、周りのものを巻き込んでいく行動力。それでいて、茶目っ気があり、よく人を笑わせる優しさがある。

家臣の間では「御兄弟の中で一番御大将（信玄）に性格が似ている」と言われている。

それでいながら、盛信は、よく父に刃向った。信玄の五男として生まれ、八歳で仁科家に養子に出されたが、当初この縁組に自ら異議を申し立てた。

その理由がふるっている。

「仁科家に養子に参るのは構いませぬ。しかし、私は仁科家を継ぐ以上、仁科家の安泰、繁栄のみを考えます。時には武田家に刃向うこともありましょうが、構いませぬな。

武田家にとって〝獅子身中の虫〟となるやもしれません」

たとえ親子でも、信玄の命令に意見する者はいない。信玄の命令は絶対服従である。事の成り行きに周りに居た重臣たちの顔が強張った。

信玄は盛信の顔を頼もしそうに見ていたが、一瞬顔をしかめると、

「〝獅子身中の虫〟ぐらいなら構わぬが、そなたなら〝獅子身中の獅子〟となるやもしれぬ。それ

は困るぞ」

と言うと、高笑いした。

部屋にいた重臣たちも一斉に大声を出して笑って、事は収まった。

信玄は盛信の才を幼き時から見抜いていた。本当は、盛信を後継者にしたかったのかもしれない。

だが、信玄はすでに心の中で後継者を決めていた。盛信の上の兄、四男、勝頼である。

武田信玄には、三人の局との間に七男五女の子どもがあった。このなかで本来は信玄の後継者たるべき長男義信は父と事あるごとに反目し合っていたが、この年の春、信玄はついに義信を廃嫡してしまった。次男の信親は幼少期の病が原因で失明し、三男信之はわずか十一歳で夭折している。

四男勝頼が実質的には〝長男〟となるのだが、それだけではなく、信玄には特別な思いがこの勝頼にはあった。

母親である。

勝頼の母は諏訪御寮人と呼ばれ、信玄が攻め落とした信濃の諏訪地方を治める高島城の城主諏訪頼重の娘であった。絶世の美女と言われ、信玄は彼女を略奪まがいで側室とした。

そこで生まれたのが勝頼である。信玄はこの勝頼を溺愛した。

だが、松は十一歳上のこの兄、勝頼が好きではなかった。母に似て色白で、幼いころは病弱であった。癇癪持ちで、気に入らぬことがあると、あたり構わず喚《わめ》きだす。才はありながら、才が勝ちすぎるきらいがある。性格的にもどこか内向的で、人との接触も少ない。

父の持っている豪胆さ、ち密さ、人へのいたわりなどかけらも持ち合わせていない、と松は思う。

「五郎兄様こそ大将にふさわしい」

決して生母が同じという〝身びいき〟ではない。五郎の明快で、竹を割ったような性格に加え、判断力、それに先を見る洞察力がある。まだ十一歳ながら、〝栴檀は双葉より芳し〟だ。侍女の間でも人気が高いのがこの五郎兄様だ。彼女たちの間で五郎兄様の話が出ると、まるで自分のことのように嬉しいし、自慢でもあった。

もう一人、松には兄妹の中で好きな人がいた。次女の雪姫である。松姫とは十四歳も年の離れた姉で、母親も異なるが、どんな場合でも、誰に対してもはっきりと自分の考えを言う腹の据わった性格が、頼もしい。松の相談事にも親身になって考えてくれ、その答えも実に明快なのだ。

「のう、松。人に相談するときは、実はもう自分で決めているのでしょう。後は、私の意見を聞いて納得したいだけ」

自分の心の中を見透かされているようで、松姫は怖い。それだけに、この姉には絶対的な信頼感を持っていた。

家臣の間では陰で「女信玄様」と呼ばれている。

決して男勝りというわけではない。

「もし、そなたが男であったなら、わしはどれだけ心強かったか」

父、信玄は事あるごとに彼女に向かって嘆いた。

そんなとき彼女も決まって切り返す。

「がっかりなされまするな。十分父上のお役にたちましょうに、何なりとお申し付けください」

武田家の親類にあたる穴山家に嫁いで、もう五年になる。穴山家は、武田家の親族衆の筆頭として高い家格を有している。家臣ながら信玄としては、どうしても身内にしておきたい一族である。信玄が雪姫をいかに頼りにしていたかが分かる。その期待に彼女は十二分に応えていた。

「それにしても、信長殿の狙いは何であろう？」

松姫との話が一区切りつくと、盛信は廊下に出て、庭を眺めながら、ひとりごちた。

玉砂利の敷かれた庭は今はすっかり雪に覆われ、まばゆいばかりに白い。

「はて、信長様がどうかしましたか？」

盛信の言葉を聞き咎めて、松姫が声をかけた。

「いや、なんでもない。独り言よ」

そう言いながら盛信の頭は今回の信長からの婚儀申し入れの真意を探っていた。

織田信長は今から二年前に、信長の姪にあたる遠山家の娘を勝頼に嫁入りさせ、武田家との姻戚関係を結んでいた。だが、この遠山夫人は勝頼との子、信勝を産んだ後、亡くなっていた。その喪も明けぬうちに再び松姫との婚儀を申し入れてきたのだ。

——しかも、まだ年端もいかぬ娘に対し自分の嫡男を向けてくるとは。単なる、婚姻関係だけでなく、何かほかの狙いがあるのでは？

実は今回、父信玄を訪ねたのは、まさにこの織田信長についてであった。

盛信が婿入りした仁科家は代々信濃の北西部、安曇野郡を主に支配している豪族である。

安曇野郡は越後と同時に美濃と接していた。美濃を支配しているのは斎藤氏である。その斎藤氏の美濃軍と織田信長率いる尾張軍とはこのところ対立が激しさを増していた。原因は、もちろん、信長の美濃侵攻にある。

仁科家にとってこれは決して対岸の火事ではない。先読みの優れている盛信としては、この争いにどう対処してよいのか、早く決めねばならぬ。要するに、織田信長が美濃制圧後の武田、仁科の対応である。

もちろん、織田と武田は形式上友好関係にあるが、この戦国の世で、この婚姻関係ほど当てにならないものはない。武田信玄自身、何度もこの関係をいとも簡単に破っている。

今から想定して備え、総師信玄の考えを聞いておかなければならない。

「信長は近いうちに美濃を攻め落とすつもりであろう。斎藤の背後のわが武田家と手を結べば、斎藤を追いこむのに十分な材料となろう。信長ならずとも考えることよ」

信玄は、まだ織田信長の力を信じてはいないようだった。

「しかし、信長殿が美濃を攻略すれば、今度はこの武田家と織田勢とが接することになりましょう。わが仁科家はその矢面に立ちまする。そのときのことを今からお考えになった方がよろしいかと……」

それでも信玄の心は動かない。信長の存在など、全く眼中にないようであった。

「勝頼の妻が死んで間もなくの再度の婚儀の申し入れ。信長はそれほどこの信玄を恐れているのだろう。

尻尾を振ってきた犬には、餌を与えてやらねばな」

と言って信玄は含み笑いした。

――確かに武田の勢力と織田とでは今のところは「虎の前の犬」かもしれない。だが、この犬、いつ狼に変わるやしれぬ。

盛信は信長の動きを注視せざるを得ない。

「何も、松を嫁にやると決めたわけではない。あくまで婚儀を結んだまでのこと。信長という男、もう少し眺めていよう。武将としてどれだけのものなのか。それともただのうつけ者なのか」

信長の田楽狭間の奇襲勝利は、畿内だけでなく全国に知れ渡っていた。信濃にも、彼の活躍ぶりは聞こえてきていた。ただ、一方で、彼の日頃の言動から「うつけ者」という評判もまた、伝わってきていた。

盛信は、信長を「うつけ」とは見ていない。田楽狭間の戦いで奇襲勝利を挙げた信長だが、その後は全くこの戦法をとっていない。

美濃攻略にあたっても、盛信の目から見れば、実に用意周到に準備された、王道を行く攻めである。「奇襲」というのはそう何度も成功するものではない。信長殿はそのことを十分知っているに違いない。

一方でその戦術は、今までの武将には無い画期的なものがあった。信長は家臣ごとに戦さの専門の集団を抱えていた。戦国時代の兵隊は足軽と呼ばれる農民が中心。彼らは今で言う兼業農家である。したがって、当時の戦は「農閑期」である秋から冬に行われた。

しかし、織田軍団は、専門の戦闘集団だから〝常時〟戦闘が可能になる。これにより、兵隊の数は必ずしも多くないが、織田軍は、いつでも、どこにでも軍団を出陣出来ることになる。機動力が抜群に発揮でき、しかも軍団を組み替えることで、臨機応変に多面的に展開ができるという特徴を持つ。敵将から見れば、「いつ、どこから攻めてこられるか分からない」恐怖が織田軍団にはある。

戦いにあたって、鉄砲を重視する戦術も注目に値する。当時、鉄砲は多くの武将も戦に活用していたが、それは、戦の開始直後にだけ使っていた。だが、信長は戦いの中心に鉄砲を組み入れていた。

こうした信長の戦法は従来の兵法を覆《くつがえ》す、画期的な戦法だと盛信は思う。それゆえに、従来の武将たちからすれば「非常識」、つまり「うつけ者」に見える。

——父上はまだ信長殿の力量を認めていないが、この先、必ず、お二人は天下を争うことになるのではないか。その時、松姫はどうなるのだろうか。

松姫の行く末に一抹の不安を覚えるとともに、盛信の目に、虎の首を噛み切る若き狼の姿が浮かんで、ぞっとした。

信重、松姫の婚儀が正式に決まった後、織田家より次の結納品が送られてきた。

熨斗の代わりとして、四斗樽の薦被《こもかぶ》り一本、たくさんの酒の肴、松姫には帯地の厚い織物と着丈の織物、緯織の白の布地、紅梅色に染め抜いた織物などが百反ずつ、打ちかけに使う帯が上中下と組んで三百筋、結納金としてお金が千貫、父信玄へ、虎と豹の毛皮が各五枚ずつ、厚い緞子の織物が百巻、金銀をちりばめた鞍とあぶみの馬具が十組付け加えられていたという、豪勢なものだった。

この結納を見ても、信長がいかに武田信玄に気を使い、恐れていたかが分かる。同時に、「信玄に甘く見られてたまるか」と言う信長の精いっぱいの見栄と意地も垣間見える。

これに対し、信玄の返礼は、
花婿の信重に対して、越中松倉郷の『義弘』作の名刀ひとふりと大佐文字安吉作のわき差しを添えて一対、紅千斤と錦を千把。父信長へはろうそく三千本、漆塗りの桶と熊の毛皮千枚、甲斐名産の駿馬十頭。

婿からの結納は豪華で、返礼は簡素というしきたりはあるものの、信玄の返礼は結納に対していかにも素っ気なくはないか。信玄の信長に対する見方を表していよう。もっとも、馬好きの信長は、甲斐の駿馬十頭にいたく喜んだという。

信玄は婚儀に合わせて、松姫のために躑躅ヶ崎館内にささやかながら館を立て、松姫の住まいを移した。実際嫁入りはまだ先とは言うものの、婚儀が決まった以上、その間は「信重殿の預かりもの」となる。

松姫はこれを機に、家臣の間では「新館御寮人」と呼ばれるようになった。御寮人とは、「美しい人」と言う意味である。

松姫のための新館が落成したその年の春、織田信重から、松姫に一通の手紙が届いた。

婚約者となった松姫への挨拶で始まり、後は、岐阜の季節のことが書いてあり、同時に信州の様子を尋ねるなど、他愛のない内容であった。

ただ、松はうれしかった。婚約者というより、信州から遠く離れた岐阜という見知らぬ土地の人からの手紙が、何とも新鮮だったのである。

すぐに松は返事を書いた。信州は今桃の花が盛りを迎え、躑躅ヶ崎の館には間もなく桜が咲き誇り、それはとても美しい季節を迎えることなどを書いて送った。

すると、間もなく再び信重から手紙が届いた。今度は、信重自身のことが書いてあった。自分は幼少のとき「奇妙丸」と呼ばれていたこと。それは生れたとき、顔が奇妙だったから父信長に付けられたこと。でも今は少しずつ普通の顔になっているので「安心してほしい」と書いてあった。信重がまじめな顔で真剣に「いいわけ」をする姿が目に浮かんで、思わず松姫はほほ笑んだ。

今度は松が自分の名前の由来を書いて返事を出した。

「私の名前は、私が生まれたとき父信玄は川中島の戦場にあり、陣屋の傍に、大きな立派な松がそびえていたのを見て父が『松』と付けたのです。あまり面白くない由来ですが、私はこの名前がとても気に入っています」

それから、月に何回も二人の手紙のやり取りが始まった。松姫も信重も互いに一度も顔を合わせていないにもかかわらず、いつの間にか身近な存在となっていった。

虎と狼

松姫と信重の婚儀が成立して一年もたたない翌永禄十一年（1568）九月、信玄を驚愕させる知らせが届いた。

「信長、上洛」である。

織田信長は、田楽狭間の戦いの後、美濃を治めていた斎藤一族との戦いを繰り返していたが、この前年、斎藤道三の孫にあたる斎藤龍興を稲葉山城の戦いで破り、伊勢長嶋に敗走させた。これにより尾張、美濃の二か国を有する大名となった。

このころより、僧の沢彦から与えられた印文「天下布武」の朱印を信長は使い始めており、本格的に天下統一を目指すようになった。それには、京に上り、天下に号令をかけねばならない。信長は、応仁の乱以降荒廃を続けていた京に上るにあたって、将軍足利義昭を〝利用した〟。足利義昭は形式的には第十五代将軍だったが、戦国大名たちに翻弄され続けていた。その義昭が信長を頼って尾張にやってきたのがこの年六月。信長は他国侵攻の大義名分としてこの足利義昭を奉戴《ほうたい》し、上洛を開始したのだ。

「何！　あのうつけが上洛だと！　こしゃくな」

信長上洛を聞いた信玄は珍しく怒りをあらわにした。信玄にすれば信長などとるに足らぬ若造、ぐらいにしか思っていなかった。それが上洛、しかも将軍足利義昭様を頂いて京に上るとは。

信玄自身、「上洛」を考えないわけではなかった。戦国武将でそれなりの力を持ったものなら、一度は上洛を考えない者はいない。ただし、本気で真剣に考え、実際に行動に移す者はまだいなかった。「上洛」とはすなわち「天下に号令」を掛けることである。多くの戦国武将は自国の領土の保全、拡大に懸命で、「天下統一」という意識も力もなかった。

信玄率いる武田軍は、北陸の上杉謙信との長年にわたる戦いに明け暮れていた。謙信とは宿命のライバルと言われるほど、二十年間にわたり四度も相まみえる熾烈《しれつ》な戦いを繰り返してきた。信玄が夢見ていたのは、越後の日本海の景色であり、京はそのずっと先にかすんでいた。

だが、信長の行動が信玄の心に火を付けた。

「信長に先を越された」

こうなれば自分の力を見せつけてやらねばならない。

信玄四十八歳、信長三十五歳。

甲州から上洛を目指すとなれば北に上り北国街道から京に向かうか、南下して東海道を上るかの道二つ。信玄は上杉と和平交渉を開始し、北からの脅威を取り除く一方、「南下作戦」を開始した。

信長上洛の報せを聞いてからわずか三か月後の永禄十一年十二月に三河の徳川家康と共同で、今川氏真の治める駿河侵攻を開始し、薩垂山《さったやま》で今川軍を破り、駿府の居城、今川館を占拠した。

ただ、この駿府侵攻は短期間で終わった。駿河侵攻にあたって、同盟を組んでいた北条氏康にも協調を持ちかけていたが、氏康は今川側に付き、甲相同盟は破棄され、上杉氏との越相同盟を結び、逆に武田領国への圧力をかけてきた。

更に、徳川氏とは遠江領有をめぐって対立し、翌永禄十二年五月には家康は今川氏と和睦し、駿府から撤退してしまった。

東海地方は東から、相模の北条、駿河の今川、遠江の徳川、それに甲斐の武田を合わせて群雄が割拠し、それぞれの思惑、利害が複雑に絡み合っている。武田軍の東海侵攻は一筋縄ではいかなかったのである。

もちろん、信玄は諦めていない。

——上洛には、まず、周辺の国々と折り合いをつけておかねばなるまい。

用意周到な信玄は、はやる気持ちを抑えると、北条氏との関係修復に動いた。

元亀二年（１５７１）甲相同盟を破棄した北条氏康が死ぬと、後を継いだ息子の氏政に接近、再び甲相同盟を結んだ。更に、関東、常陸の豪族、佐竹義重や安房の里見義弘などとも外交上の手を打ち、北条氏に圧力をかける。

また、宿敵上杉謙信に対しても、和睦だけでは満足せず、越中、越前の一向衆徒と関係を作り、上杉封じ込めに成功を収める。

この時点での武田の領土は、信濃、駿河、上野西部、遠江、三河、飛騨、越中の一部、石高にして百二十万石に達していた。

周辺地区を抑え込み、再び南下作戦を開始しようとした信玄に「朗報」が届いた。足利義昭から「信長討伐」の御内書が届いたのだ。足利義昭と信長は一度はともに上洛するなど友好関係にあったが、その後対立し、義昭は信玄に「信長討伐」を命じた。

信玄からすれば、これで上洛の大義名分は出来た。

機は熟した。

元亀三年（1572）十月三日、信玄は西上作戦を開始する。

武田軍は三隊に分かれ、先発の秋山信友を大将とする一軍（兵五千）には信長が治める美濃（岐阜）の岩村城を、山県昌影を将とする二軍（兵五千）には徳川家康の領土である三河、遠江西部を攻撃させた。

信玄を総大将とする武田軍本隊二万二千は途中、先発陣と合流、分散を繰り返しながら。徳川の諸城をわずか数日で次々に落としていった。これに対して徳川勢は十月十四日　遠江一言坂で武田軍を迎え撃ったが、わずか半日で敗走した。十二月十九日に武田軍は遠江の要衝である二俣城を陥落させた。武田本体が甲州出陣してからわずか二か月余りで、徳川の領土、遠江を席巻したことになる。

「侵略すること火の如く」

『風林火山』の旗の下、武田軍団の凄まじい破壊力である。

「武田軍、甲斐を出て、美濃、遠江へ出陣」の一報が岐阜の織田信長に届いた。

「何！　山が動いたか！」

岐阜城にあった信長はカッと目を見開くと、大きく武者ぶるいをした。それは自身が迎えた最大の危機に身が震えるほど恐怖し、興奮したのだ。

信長にとっては、自領を攻め込まれる危機は今川義元上洛以来である。いや、信玄の方がはるかに怖い。当時の今川義元の軍はおよそ五万と多いが、中身は義元の性格そのものの「お公家集団」に過ぎない。

公家気取りの指揮官による軍紀が弛緩《しかん》した今川軍と、猛将信玄の指揮のもと精鋭がひしめきあっている武田軍団では、その恐ろしさ、破壊力は比べ物にもならない。

信玄には出来ればもう少し静かにしていてほしかった。暫くは山は動かないでほしかった。どう見ても、今の信長の勢力ではまともに戦っても勝てる見込みなどない。信長はかつてない恐怖に襲われた。生まれて初めて、自分の死というものを現実に意識した。

これまで甲斐の武田信玄に対し幾度も婚姻関係を結んできた。武田信玄の嫡子の勝頼の妻に姪の娘を送ったり、信長の嫡男の信重に信玄の娘を迎い入れる約束をしたのも、すべて、信玄への〝ご機嫌とり〟である。信長の正室の濃の「何もそこまで武田に気を使うことはないではありませぬか」という不満顔も、家臣の懸念の表情も、一切無視した。

彼は非常に誇り高い男だったが、『天下布武』という野望を達成するためには、どんな自身の誇りも捨てる。

後年になるが、越前の朝倉攻めの際、後塵を浅井軍に攻められ挟み撃ちに追い込まれるや、彼は単身戦場を逃れ、わずか数騎で岐阜に逃げ帰ったことがある。大将が味方を全て置き去りにして逃げ帰るなど、戦国武将としてはあり得ない行動であったし、家臣の離反も危惧されたが、信長は全く意に介さない。「目的がすべてに優先する」合理主義者なのである。

その意味で、信長という人物は、確かに旧来の戦国武将とは一線を画していた。

信長は一方で冷静に、客観的にこの情勢を見つめる目も持っていた。

「山は動かないから強い、その山が動くなら倒す機会はある」

信長はそう考えた。

どんな危機的な場面にあっても、決してあきらめない信長は、優れた戦術家でもあった。

最強と言われる武田軍団の最大の弱みは何か。信長は考えた。

秤量である。甲斐の国から四万人近い兵が、すでに二か月以上に渡って行軍している。これまでは自領、または自領に近いこともあって秤量の確保はさほど難しくなかったが、これ以上他国に入れば簡単にはいくまい。

秤量を断てばきっと「山は崩れる」

もうひとつ、間者からの気になる情報があった。行軍する信玄の隊には「輦台《れんだい》」（人を乗せて担ぐ板の台）が用意されているというのだ。

——信玄は病か？

たとえそれが命にかかわるほどでなくても、病というのは人を弱気にするものである。

——信玄にどこまで上洛の意思があるのか、疑わしい。

信長は、自分ほど信玄に上洛、天下統一の意思はないとみていた。足利義昭に頼まれて出陣したものの、上洛し自ら幕府を開く意思はないと見た。ならば、長期戦に持ち込めば、秤量と合わせて、病弱の信玄の上洛の意思は弱まり、やがて、兵を甲斐に引くに違いないと、読んだ。

この際、武田軍団を壊滅させることは考えない。いや、出来ない。武田軍を領内から追い返すだけでよい。

「武田軍をわが美濃に引き入れ、織田直属の兵二万五千に徳川軍を含め包囲網を築き、地の利を生かして秤量攻めの長期戦に持ち込む」――これが信長の立てた武田軍迎撃作戦である。どんな戦いのときも、常に相手の弱点を徹底的に突く、信長の粘着質な性格が表れている。

とは言え、今の段階で作戦を開始するわけにはいかなかった。兵力が足りないのである。この当時、信長はいわゆる『第二次信長包囲網』に囲まれていた。越前の朝倉、近江の浅井両大名軍と攻防が続き、畿内に勢力を持つ宗教集団の石山本願寺、比叡山延暦寺、更に三好氏、松永氏、六角氏の守護大名など、あらゆる旧勢力との抗争に明け暮れており、とても武田軍団に兵を差し向ける余裕はない。

「徳川殿に兵は送れぬ。徳川殿に頑張ってもらうしかあるまい」

「はて、徳川殿で防ぐことができましょうや」

家臣の不安げな声に信長は、

「そのための徳川との同盟ぞ」

と、苦虫をつぶしたような顔で吐き捨てた。

ただ、同時に付け加えることも忘れなかった。

「わが盟友徳川殿の領地に攻め入った以上、武田家との盟友関係はないものとせねばなるまい。信重の婚儀は破棄じゃ。直ちに武田に通告せよ。

家康殿に兵は送れぬが、せめてもの織田家の誠意を見せておかねばのぅ」

徳川軍に武田軍を防ぐことは出来まいと信長は思っていた。「少しでも武田軍の行軍を押しとどめてくれ」と祈る気持ちだ。やがては信玄との全面戦争を覚悟していた。

「情報がほしい。吉田から岐阜までの間に、一里ごとに一人の間者を放ち、武田軍の行動を包み漏らさず、一挙手一頭足まで細かく伝えよ」

兵は出せないが、情報収集だけは怠りなくしておかなければならない。

「はっ」

伝令は素早く離れた。

織田信重と武田松姫との婚約はこうして一方的に破棄された。しかし、二人の結びつきはこれでは終わらなかった。大きな時代の流れの中で、戦国武将の思惑に翻弄されながらも、再び二人は赤い糸でつながっていく。だが、それはまだ先のことである。

徳川軍が守る二俣城《ふたまたじょう》を数日で落とした武田軍団は、再び疾風の如く勢いで西に進んだ。その三日後には、遠江の西の端、三河との国境に広がる三方が原に陣を敷いた。自領を簡単に蹂躙《じゅうりん》され去っていく武田軍団を前に、徳川家康は「このまま指をくわえて見ているのはわが武門の恥」とばかりに、居城、浜松城を出て三方が原の武田軍に攻撃を仕掛けた。

だが、武田軍にいとも簡単に蹴散らされてしまう。まるで虎の尻尾を捕まえようとする子犬が、虎の尻尾一振りで逃げ帰って来た様に似ていた。

徳川軍を一蹴した武田軍は、さらに西に進み、翌年の一月に三河に侵攻し、二月初旬には西三河の要衝、野田城を一気に落とした。織田信長の領地、尾張はもう〝目と鼻の先〟だ。甲府を出陣してわずか四か月余り、〝速きこと風の如く〟である。

ところが、武田軍はそこで行軍をピタリと止めてしまう。

信玄が病に倒れたのである。

信玄は甲斐を出陣した時から、いやそれ以前から肺の病に悩まされていた。肺炎とも、肺がんともいわれる。行軍中も何度か喀血して、輦台に乗せられて移動したこともあった。

信玄は長篠城で暫く療養していたが、近習、一門衆の会議が何度も開かれ、その年の四月には、ついに甲斐に撤退することが決まった。そして、十二日、軍を甲斐に引き返す途中の三河街道上の信濃国駒場で信玄は息を引き取った。享年五十三。戦国最強の武田軍を率いた信玄も、病には勝てなかった
信玄という偉大な主柱を失った武田軍は、魂の抜けた抜け殻のように茫然と帰路についた。


「信玄が死んだか！」

岐阜城の陣屋で信玄の死を聞いた信長は床几《しょうぎ》から立ち上がると、天を仰いで、大きく溜め息をついた。その溜め息は何だったか。死の危機を逃れた安堵感か、それとも宿敵を目前で失った喪失感か、家臣の誰にもわからない。分かっていることは、信長の天下取りの最大の障害が取り除かれたという

ことである。

間者は、武田軍の野田城攻略の際、城内から撃たれた銃に信玄が被弾し、それがもとで死んだという噂があることを伝えた。

信長は「その話、他でするでない」と厳しく間者に叱責した。あれだけの武将が敵の流れ弾ごときが原因で死ぬというのは、信長としては納得できなかったのだ。同じ武将として、さらには、敵将ながら敬意さえ持っていた信玄の死を信長は心から悼んだ。

だが、それも一時だった。信長は再び、面前に広げられた図面に鋭い目を注いだ。信長に反抗し、京に立て籠もる足利義昭をどう封じ込めるか、信長の頭の中はすでにそのことでいっぱいになっていた。


武田信玄は遺言で「自分の死を三年の間は隠し、遺骸を諏訪湖に沈めること」や四男勝頼には「信勝（勝頼の長男）までの後見を務め、越後の上杉謙信を頼ること」を言い残し、重臣に後事を託した。

信玄の死後家督を相続した勝頼は遺言を守り、信玄の葬儀は行わず死を隠している。だが、「三年の間、信濃、甲斐の自領を固く守るように。何があっても、決して動くな」という遺言は守れなかった。というより、信玄の死を知った周りが放ってはおかなかった。「動かぬ山」を切り崩そうと上杉、北条、徳川ら四方から信濃に攻め入ってきたのだ。

常勝軍団、武田氏の凋落が始まった。

さびしき宴

武田信玄が死んでから九年が過ぎた天正十年(1582)元旦、甲斐の国、韮崎の新府城では築城祝いを兼ねて武田氏親族だけの年賀の宴が催されていた。

武田信玄の後を継いだ四郎勝頼は前年末に武田の本拠「躑躅ヶ崎館」を焼き払い、新築したばかりのこの城に居城を移した。

百畳はゆうに超える広間に、勝頼を中央上座に武田家の親族十数人が膳を囲んで、先ほどから祝いの酒を飲んでいた。

だが、祝いの宴とは名ばかり、集まった武将たちはほとんど言葉を交わすことなく、ただ黙々と杯だけを重ねていた。

「穴山殿はどうした？　顔が見えぬが、」

一座の沈んだ空気を払うように、勝頼の弟、伊那高遠城主、仁科五郎盛信があたりを見回して声を上げた。

だが、誰も応えない。盛信の声だけが広い座敷に虚しく響くだけだった。

「築城祝いはさておいても、親族筆頭の穴山殿が年賀の祝いにも来られないのは、どういうことか？」

穴山家は古くは南信濃の国人だったが、武田家とは信玄の父、信虎の時代から一族同然の関係にある。現在の当主穴山梅雪の母は、信玄の姉であり、梅雪の妻は信玄の娘、勝頼の姉雪姫である。武田家の家臣とは言え、武田家親族筆頭の立場にある、その穴山梅雪が親族の宴に現れていない。

「わしが、来るな、と言ってある」

上座に座る勝頼が低い小さい声で吐き捨てた。

その声に、広間に集まった親族の誰もが杯を膳において押し黙った。

「なにゆえ?」と言おうとして、盛信は言葉を飲み込んだ。

——穴山梅雪に裏切りの気配あり。

最近こんなうわさがあることを思い出したからだ。

まさか、と思う。

穴山梅雪の日頃の言動から、彼の武田家への忠誠心は巌《いわ》のように固く揺るぎないものと盛信は信じていた。性格は誠実、実直で、「武田家のためなら潔く命を捨てる」と常に公言し、いざ戦さになれば、必ず軍団の先頭に立ち、敵陣に切り込む猛将でもある。

これまでにどれだけの戦果を武田家にもたらしたか計り知れない。盛信はそんな梅雪を畏敬の念で見つめていたのだ。

「いない者の話をしても始まらぬ。それより、盛信殿、高遠はいかがか、ことしの雪は大層なものだと聞くが……」

勝頼のとなりに座っていた信玄の弟、武田信廉が話題をそらすように語りかけてきた。

その声に一座にはほっとした空気が流れ、武将たちは再び静かに杯を取り始めた。

その光景を、盛信は苦々しく眺めていた。

巷では、近く織田信長が大軍を率いて信濃、甲斐に侵攻してくるという噂でもちきりだった。既に、木曽、美濃、三河の国境沿いの村人は逃げ出したという。武田軍団の一部の将が織田、徳川軍に寝返ったという話がここ新府城にも伝わっている。

この席に座るどの顔も、疑心暗鬼にとらわれていた。次は誰が逃げ出すのか。自分が最後にはなりたくない。人の顔色をうかがうおびえた顔が連なっていた。

――源氏の流れをくむ武田家がこのように噂におびえ、おのれを失うとは、何と情けないことよ。

猛将で聞こえた盛信だけに、今の武田一族の狼狽が何とも歯がゆかった。やり場のない口惜しさに、盃に酒をなみなみと注ぐと、一気に飲み干した。

――何もかも変ってしまった。

末席で宴の様子を見つめていた信玄の五女、松姫は目前の膳の箸にも手を付けず、ただただ悲しみにうなだれていた。

父信玄が存命のころ、年賀の宴は武田家親族はもちろん、主だった武将が顔を連ね、さらにその家臣たちが躑躅ヶ崎館の大広間を埋め尽くし、この日ばかりは信玄の「無礼講」の声に酒盛りに興じていた。それだけではない。次から次に年賀のあいさつに訪れる家臣たちで広間は混乱状態になり、酒に酔った家臣が庭に出て大声で踊り狂う者もそこここに現れ、館そのものが喧騒に包まれる。

父信玄は周りの武将と杯を重ねながら、その様子を嬉しそうに眺めている。

子どもだった松姫は、父信玄の膝に座り、広間を眺めていた。父の酒臭さは嫌だったが、美味しい料理を好きなだけ食べられることや、何よりも父の普段は見られぬ楽しそうな顔を見るのが好きだった。

その年賀の宴は三日三晩続くのだ。

それに比べ、今日の宴の何とさびしいことか。

松姫には男たちの不安そうな顔の理由がよくわかる。

——やはりあの戦いが……。

今から七年前の戦のことを思った。

天正三年（1575）、勝頼率いる武田軍は、織田信長、徳川家康の連合軍と三河の設楽原で合戦し、壊滅的な大打撃を受けた。両軍合わせて四万人を超える大戦だったが、織田信長の設けた馬防柵と鉄砲の前に、武田の騎馬軍団はことごとく敵前で撃ち倒された。敗走する武田軍に織田、徳川軍は容赦なく追い打ちをかけ、武田軍はほぼ壊滅した。

この敗戦は、たんに死傷者が軍の半数を上る一万人以上という被害の大きさだけでは終わらなかった。馬場信春をはじめ、山県昌景、内藤昌豊、真田信綱など、これまで武田軍団を支えてきた多くの有力武将を失った。

さらに、この戦を契機に、家臣の間に大将たる勝頼への信頼が一気に崩れていった。

設楽原の戦いでは、有力武将の多くが「退却」を勝頼に進言した。織田、徳川の両軍の兵が自軍の兵を圧倒的に上回っており、地形から見て戦いは不利、ひいては全滅の危機ありと判断し、勝頼に具申したが、血気の勇に走った勝頼はこれを拒否し、織田、徳川軍に突入し、結局大敗した。これにより重臣たちの勝頼への不信感が高まった。

勝頼は猛将ではあったが、大将の器ではなかったのだろう。信玄亡き後も、駿河の要塞、高天神城を一気に落したり、美濃の明智城を攻略するなど、戦の才はあったが、知略に欠けていた。

その上、父、信玄に比べればはるかに「人望」に劣る。彼は猜疑心が強く、ゆえに一部の人間だけを重用し、信玄以来の有力武将を遠ざけた。

武田家には常に『武田二十四将』などと呼ばれる勇将が数多くいたが、多くは設楽原の敗戦で失い、生き残った武将も勝頼から心が離れていった。この戦以降、勝頼に見切りをつけ、織田、徳川に寝返る武将が相次いだ。武田親族同然の穴山梅雪まで裏切りの噂が流れているのだ。

松姫は、向かい側の上座に座る兄、盛信の顔をそっと見つめた。

盛信は憤りを堪えるように杯を重ねている。だが、目は真っ赤である。

――五郎お兄様が大将を務めていたら、こんなことにはならなかったかもしれない。

戦のことは分からない自分でも、人の心はわかる。

松姫は盛信の持つ豪胆さと繊細さ、事にあたっての的確な判断と素早い決断、ゆえに部下からは深い信頼を受けていることなど、父信玄公譲りの大将としての器を備えていると思う。

それに比べ四郎兄上には、武将としての才能はあったものの、人をまとめて自分の意のままに動かす統率力に欠けている。何より性格の暗さは大将向きではないと松は思っていた。

だが、女の自分が何を思っても何もならないことも知っている。今はただ、男たちに頼るしかないのだ。

宴は盛り上がることなく、わずか一時余りで終わり、皆黙々と広間を下がっていった。

並んで下がろうとした松姫に、盛信が声をかけた。

「松、しばし待て、こちらに」

と松姫を招きよせてから、盛信は上座でなおも座っている勝頼に向きなおり言った。

「御屋形様、お願いがござる」

勝頼はいったん盛信の方を向いたが、返事はなく黙って杯を重ねていた。

盛信は立ち上がると勝頼の向かいで再び座った。松も後ろ脇に座った。

「御屋形様、松を私の高遠城に連れて参るのをお許しくだされ」

そう言うと深く頭を下げた。

松は驚いた。

――五郎お兄様の城に行く?!

嫌なのではない。むしろ慕っている兄の傍に行くことは喜びである。ただ、事前に何も聞かされていなかったし、余りに唐突な話に困惑した。

勝頼は盛信の顔を見ずに、まだ黙って酒を飲んでいる。

勝頼はもともと肌は色白の方だったが、酒を飲むとそれが青白くなる。酒に酔っているのか、全く酔っていないのか分からない。

「この勝頼の傍では安心出来ぬというか」

自嘲気味に言った。杯を手に持ったまま、前方の庭を見ている。いや、彼のうつろな目はどこも見ていないのかもしれない。

「滅相もございませぬ。

松は、織田の嫡子と一度は婚儀を結んだ身。今やわが武田にとって織田氏は仇敵。松がこの新府城にあっては、あらぬ疑いを持たれ、松も心苦しかろうと思いまして。ならば、わが高遠城に連れてまいろうと……」

嬉しかった。五郎兄上様がそこまで親身になって自分のことを案じてくれているとは思わなかった。胸が熱くなった。涙が出そうになった。

勝頼が松の方を向いて声をかけた。

「松、どうじゃ。五郎と高遠へ参るか？」

思いもよらぬ話に、松は動揺していたが、やっと小さな声で答えた。

「御屋形様のお許しが得られるならば」

勝頼はその返事に応えず、皮肉交じりにつぶやいた。

「松、本当は嬉しくて仕方がないのであろう。そなたはこの五郎を慕っておるからのう」

「それは……」

「まあ、よいわ」

勝頼は杯を膳に置くと両腕を組んで目を閉じた。

暫くすると、急に姿勢を正し、盛信の顔を初めて見て言った。

「いや、わしも、この新府城に居座ってはいられぬ。敵は西や南の領内に迫っておる。これから領内各地へ出陣せねばならぬ。

となれば、留守にするこの城の女達のことが心配だ。そちが、松を連れて行くのであれば、わしも安心じゃ。構わぬ。わしからも頼む。松を高遠城で預かってほしい」

さきほどまでの強面の顔は姿を消している。

勝頼は、武田家が永くはないことを覚悟していたのだろう。それなら、女たちを今から少しでも安全な所に移しておくことを考えていたのかもしれない。

松姫は、翌朝早く、盛信と共に新府城を出て伊那の高遠城に向かった。

武田信玄が信濃攻略のために作った甲斐から信濃をつなぐ「棒道」を北西へ、「木舟」と言う山里から南に折れ、つづら折りの険しい山道を登り金沢峠を越えて杖突街道に出た。

金沢峠を越えたあたりから道は雪深くなり、歩みも遅くなる。街道を藤沢川に沿って南下し伊那の高遠城に着いたのは、出立から三日後の正月五日だった。

松が高遠城に来てから二十日ほど経った日の朝、盛信は本丸の西の端に松を誘った。

松が盛信に逢うのは高遠城に来て以来、初めてだった。

断崖の上に立つ高遠城からは遥か西方の伊那盆地が一望に望める。

「ほら、松、あの峰々の中央、ひときわ高い山が見えるであろう。あれが駒ケ岳じゃ」

盛信は遥か西方の天空に白い稜線を浮かべてそびえる山並みを指さすと、隣の松姫に声をかけた。

「ほんに、美しい」

松姫は、うっとりとしたまなざしで空を見つめていたが、ふと隣の盛信の顔を見て不思議そうにつぶやいた。

「我が甲斐にも駒ケ岳がありまするが……」

「我が甲斐から見える駒ケ岳は『甲斐駒』、こちらは『木曽駒』と呼んでいる。どちらも劣らずの名山であろう。

わしはここから見える伊那の景色が大好きじゃ」

高遠城主として着任してほぼ三年がたつ盛信は、早く松姫にこの景色を見せたかったのだ。

信濃地方を治める武田氏にとって、この高遠城は南信濃経営と駿河、三河地方への進出の拠点として重要な役割を果たしている城であった。

武田信玄は伊那の高遠頼継を攻め滅ぼして手に入れると同時に、砦程度だったものを重臣秋山信友らに命じ城郭として大改修を行った。

その際に、「城造りの名手」と呼ばれた山本勘助がその指揮にあたったという。

月蔵山の西側三方を囲うように流れる三峰川、藤沢川から急激に聳《そび》え立つ断崖上の小さな台地に設けられた城は、当時の平山城として優れた防御機能を備えている。

松姫がこの城にやってきた天正十年（１５８２）一月は、城はもちろん、あたり一面雪に覆われていた。山間を抜けていく朝の風は身を切るように冷たい。

「甲府盆地の中の躑躅ヶ崎館も底冷えしたが、山の中のこの城も寒さが一段と厳しいであろう。寒くはないか」

気遣うように、そっと松の肩に手を掛けた。

「大丈夫にございます。それより此度は兄上様には特別のお計らい、この松、お礼の申しようがありませぬ」

「そのような堅い言い方はよせ。何時もの兄と妹でよいではないか」

そういう兄の方もいつもとは違う、ぎごちない対応であった。確かに、躑躅ヶ崎館で「織田信重との婚儀成立」を祝ってから十五年がたっていた。二人は、今や二十六歳と二十二歳の立派な成人になっている。

だが、幼いころから五郎兄を慕っていた松姫の気持ちは今も変わっていない。

五郎兄の傍に居ると、自然と心が安らぐ。気持ちが穏やかになり、素直な気持ちになるのだ。兄の持つ包容力というものなのだろう。こんな気持ちは他の兄弟では感じられない。

盛信は、猛将として武田軍団に知られていたが、松の前では妹思いの優しい兄であった。今回の件もそうだ。自分が武田家一族の間で気まずい思いをしていることを気遣ってくれていたのだ。

「そろそろ戻ろう。わしも寒さが堪《こた》えてきた」

盛信は、風から松を守るように引き寄せると屋敷に戻った。

部屋に入り、盛信は松を座らせた。侍女が茶を持ってきた。

暖かさが喉もとから徐々に広がり、冷え切っていた身体が少しずつ解けていくのがわかる。

一息ついた後、盛信がさりげなく聞いてきた。

「信忠殿からの便りは続いておるのか？」

松のかつての婚約者、織田信重は、元服と共にその名を「信忠」と改めていた。

突然、兄が信忠の話をしたので松姫は驚いて兄を見つめた。それから、恥ずかしそうに、小さく「はい」とだけ頷いた。

「婚儀は破棄されたと聞いていたが、信忠殿も律儀な方よのう。やはり、松のことが忘れられないのであろう」

それには答えず、

「まだ、一度もお会いしてはいないのですが、もう、何度もお逢いしているような……」

「そうか。婚儀のことはもはや叶わぬことだが、何とか一度でも逢わせてやりたいが……」

盛信はそっと松の顔を見た。

そこには、楚々とした顔を浮かべる松姫の姿がある。

思えば、不憫な妹だと思う。

親同士の争いで、無理やり仲を引き裂かれてしまった。あれから十年近くが経っているのに、ずっと二人は手紙のやり取りを続けているという。

信忠の父、織田信長は自分の意に沿わぬ者は即座に斬って捨てるほどの気性の激しい男と聞く。それは親子でも変わらないだろう。父の意に背いてまでも、松姫への思いを遂げようとする信忠という男、芯の強い、存外、信頼のおける男かもしれない、と思った。

妹も、あの後、一切の婚約話を断り続けている。今でも二人は、心で堅く結ばれているのだろう。

――やはり、あの謀、進めてみるか。

盛信には、松を高遠城に連れてきた本当の理由があった。

手紙

兄、盛信から突然、信忠の話を聞かされた松姫は、九年前、信忠からもらった手紙のことを思い出していた。

武田家に織田家から婚約破棄の通告があったとき、松姫は十三歳だった。

信重に恋心が芽生えていたが、そのときは忘れようと思った。一度も逢ったことはないが、手紙のやり取りの中で、信重の優しさ、誠実さは十分に伝わってきていた。

それでも親同士が、いや家同士が敵対関係となり、いずれ相まみえるとなれば、その子ども同士が添い遂げることなどあり得ない話だ。悲しかったが、今までが良き思い出、と諦めるしかなかった。

だが、ひと月ほど経って、信重から手紙が届いた。

「父信長が勝手に婚約を破棄したが、私の松殿を思う気持ちにいささかも変わりはない。松殿は私の妻になる人である。

織田家と武田家の争いはいつか終わりましょう。そのときは必ずお迎えにまいります。それまではどんなことがあっても生きていてほしい。私はいつまでもあなたを待っています」

そして最後に「愛している」と結んであった。

嬉しかった。それがたとえ、信重の慰めの言葉に過ぎなかったとしても、松は満足だった。それだけで十分だった。

松は信重に別れの手紙を書いた。「自分も信重様のことをお慕いしていました。でも、今の武田家と織田家の関係では、これ以上信重殿と関わりを持つことは出来ません。どうぞ、松のことはお忘れください」と。

再び信重から手紙が届いた。松は読まないまま文箱に入れた。しばらくするとまた信重の手紙が届いた。再び読まずに文箱へ。それから何通も。堪え切れずに、文を開いた。

「何で返事を頂けないのか。私は決して諦めていない。いつか、必ず、松殿を迎えに参る。その日が来るまで、私は何通でも手紙を書きましょう。あなた様もどんなことでもいい、一行でもいい、必ず返事を頂きたい。それは約束してほしい。二人の間に結ばれた糸を切らないでほしい」

一度はあきらめた松だが、この文を読んで、信重の言葉を信じようと思った。今の武田家にあって、松はこの言葉にすがるしか生きる望みはなかった。まだ見ぬ信重だけが松の生きている証であった。

婚儀が破棄された後、松には幾度も婚儀の話が持ち込まれた。そのたびに、「私はまだ嫁に参りとうはございません」ときっぱりと断った。勝頼も、事情を知っているだけに妹を不憫に思い、それ以上の無理強いはしなかった。

信重が信忠となった後も手紙は続いていた。

松は信忠のことを思う時、胸がときめく。そして、なぜか切なくなり、胸が締め付けられるのだ。兄盛信を思う時とははっきり違う。これが恋心だと松は思う。

もう松は二十歳を超えていた。信忠の手紙だけが唯一つの心の中の明かりになっていた。

しかし、その明かりもいつまで灯っているか分からない。いや、今の情勢から考えるなら、そう時間はかからないだろう。

この月の末、劣勢の武田軍に追い打ちをかける事件が起きた。木曽福島の城主、木曽義昌の叛意である。義昌は勝頼が命じた新府城の建設負担への不満から、織田方に寝返ったのだ。

義昌は勝頼の姉を妻とし、武田一族の重要な一員だっただけに、身内からの反乱が武田軍に与える影響は計り知れぬほど大きかった。怒った勝頼はすぐに上野原に軍をすすめ、木曽義昌討伐に出たが返り討ちにあい、窮地に追いこまれた。

この機を逃さず、織田信長は全国に「武田氏亡滅」の大号令をかけ、織田軍は十二万の兵を持って、木曽、飛騨、伊那の三方向から信濃の国に攻め入った。徳川家康は三万の兵で駿河から、北条氏政が三万余の兵で関東口からそれぞれ信濃、甲斐の国に攻め入った。武田軍はまさに〝四面楚歌〟に追い込まれた。

高遠城に積もった雪がまだ解けぬ日のこと、松は盛信に呼ばれ、本丸の広間に入った。

「松、これからわしが言うことをよく聞け。よいな」

上座に座る盛信は、身体に鎧をまとい、戦支度であった。いつになく緊張の顔である。

「女子のそなたにも、この高遠城が今どのような立場に置かれているか分かるであろう。織田の軍勢がこの伊那に迫ろうとしている。いずれ遅からず、高遠城で合戦となろう」

盛信はそこで言葉を切った。そして、松の顔を凝視してから言った。

「今、この伊那に攻め入ってくる織田軍の総大将は織田信忠殿である」

「！」

松の顔から瞬く間に血の気が引いた。

――この高遠城を攻めに来る織田軍の総大将が、信忠様?!

危うく悲鳴をあげそうになった。

――なんということであろう。兄上様と信忠様が戦うことになるとは！

「信忠殿率いる織田軍は五万とも聞いておる。わが軍は二千五百あまり。兵の数ではかなわぬが、この堅固な城に加え、我が兵は精鋭の兵ばかり。決して織田軍に引けは取らぬ。十二分に戦えよう。ただ、女、子どもをこの城に置いておくわけにはいかぬ。直ちに城を出て、甲斐に戻るよう手はずを整えておる。ついては……」

再び、盛信は言葉を切ると、意を決したように言った。

「ついては、松、そなた、信忠殿のところへ参るがよい」

驚きのあまり、松は声が出ない。

「案ずるな、わしから信忠殿に願い、信忠殿も既にご承知じゃ。と言うより、喜んでお迎えすると言っておる」

高遠城を攻めようとしているのが信忠様という驚きが消えぬ間に、今度は信忠様のところへ参れと言う、さらに、兄上と信忠様との間で自分のことが既に話し合われている——何もかもが松にとって、信じられない話である。

頭の中が真っ白になった。兄が今言ったことが遠いところの幻の声のように聞こえる。

ただ、信忠様の名前を聞いたとき、信忠様が近くに居ると分かったとき、松の胸が急に締め付けられるような、ときめきを覚えたことは確かだった。

信忠が敵の大将であることを一瞬忘れ、逢いたい！と心の底から思った。

しかし、すぐに冷静になった。

「兄上様はどうなされるのですか？」

「言うまでもないことよ。この高遠城で信忠殿と戦うのみ」

盛信はきっぱりと言った。その顔に何の迷いも見られない。

その顔を見て、「死ぬ気だな」と松は思った。

「お願いでございます。女の口で差し出がましいとは存じますが、兄上様だからこそ申し上げるのです。お逃げください。聞くところによれば、木曽殿は織田側に、そしてあの穴山梅雪様までも徳川側に寝返ったと言うではありませぬか。

今や、武田に味方する者はおりませぬ。この戦、これ以上の戦いは無駄にございます」

「わしにこの城を捨てて逃げろ、と申すか？」

盛信は、少しだけ悲しい顔をした。

「はい、兄上に生きてほしいのです」

松は必死になって訴えた。

「松よ、わしのことを案じてくれるのはうれしい。されど、わしは武田家の武士ぞ。父、信玄の子ぞ。敵が怖くて、命が惜しくて、生きながらえて何になろう。武田の誇りを失うてまで生きようとは思わぬ」

「されど、今武田勢で命を懸けて戦おうというものは兄上様だけです。お願いです。もはや武士の誇りなどお捨てください」

「女子にはわからぬことよ。兄の心配をするより、そなたは信忠殿の許に参れ。わが武田家は消えても、松には生きて幸せをつかんでほしい」

「兄上様を失ってまで、松は自分の幸せをつかみとうはありませぬ」

「わしのことは心配するな。松は、自分の身の振り方だけを考えればよいのじゃ」

「なんと酷いことを。兄上様をこの城に残して、信忠様のところに行くわけにはいきませぬ」

「強情な女子よ」

「それでも私に信忠様のところへ行けと仰るのなら、私は信忠様が高遠城を攻めるのをこの命にかけて止めまする」

「馬鹿な！　これは織田と武田の戦いぞ。女子一人の命で左右されるものではない」

「ならば、私はこの高遠城にあって、兄上様と共に戦いまする」

「お前がそのような強情な女だとは思わなんだ。もう少し、素直な娘と思ったが……」

「兄上様こそ。私をそのような情けない女とお思いか」

それっきり二人は黙ってしまった。

盛信は席を立つと、怒ったように部屋を出ていった。

部屋には松だけが残された。

本当は兄の気持ちがどれだけうれしかったか。

――兄上様は、織田の総大将が信忠様ということをずっと前から知っていたに違いない。私を新府城から連れてきた本当の狙いは、このためだったのだ。どこまでも私のことを親身に考えてくれる兄上様。

だからこそ、私は、死ぬ覚悟の兄上様を置いて、信忠様のところへは行けない。それは人として絶対に許されることではない。

本来なら、十年以上も恋焦がれてきた人が目前に居るのだ。もし、戦の最中でなければ、信忠様のところへすぐにでも飛んでいきたい。

信忠様とはもうこれきりになるだろう。それも仕方のないこと。兄の話によれば、信忠様は私を喜んで迎えると仰ったと言う。手紙の言葉に嘘はなかったのだ。その言葉で十分だ。その言葉だけで私は生きていける。今度こそ、本当に諦めよう。

すっかり暗くなった部屋の中で、松は、声を押し殺して泣いた。


数日後、岐阜を出発した信忠率いる五万の織田軍が伊那口にあたる、三河と信濃の国境、下条地区に入ったとの情報が高遠城にもたらされた。城内二千五百余の兵士の緊張が一気に高まった。

下条から高遠城までは約四十里（約百六十キロ）、信濃に入って途中、大島城、飯田城など武田氏の諸城はあるが、二十日もたたずに、この高遠城に近付くことであろう。

仁科盛信は、兵士全員に号令をかけ、戦闘態勢に入ること命じた。小山田昌行、羽桐治朗、原昌広、渡辺金大夫など忠義に厚い武将たちを集め戦評定を開き、織田軍の迎撃作戦を作り上げた。高遠城は異様な空気に包まれた。


盛信が、松の部屋に突然やってきた。

「松、今日はそちに願いがあってまいった」

いつになく神妙な顔である、

「何度申されても、松の返事は一緒です。信忠様のところへは参りません」

松の意思は固い。

「分かっておる。もうその話は諦めた。今日参ったはほかの頼みじゃ。戦が迫った以上、女子どもをこの城に置いておくわけにはいかぬ。そちも、まずは、韮崎の御屋形様のところへ行くがよい」

「私はこの城に残って、兄上と共に戦いまする」

松の心は決まっている。

「ならぬ。そなたはこの城から落ち延びよ。これは兄と言うより城主としての命と思え。それに頼みは他にある。韮崎に行くにあたって、わが娘、督姫を連れて行ってほしい。督姫はまだ三歳の幼い子ゆえ、何もわからぬ。そなたが傍についていてくれれば何よりの安心。頼む。松、わしの最後の頼みじゃ」

そう言うと盛信は、深く頭を下げた。

兄にそこまで言われて頭を下げられては、松も承知するしかなかった。それに、督姫は自分の姪である。確かに督姫をこの城に置いておくわけにもいかぬ。それは自分の役目だと思う。

「松、督を頼む。この子の将来まで見守ってほしい。まずは新府城に落ち延びても、いつまで居られるか分からぬ。そなたは督を連れて、相模の北条殿を頼れ。

北条氏政殿の妻は我が姉、それに氏政殿は御屋形様の妻の舅でもある。きっと匿ってくれよう」

兄はそこまで考えたうえでこの私に頼んでいる。

「分かりました。督は必ず、お守りしましょう。兄上様の大切なお子なのですから」

兄はことのほか、この督姫をかわいがっていただけに、別れるのは身を切られるようにつらいに違いない。戦は、愛する人の仲を無残に引き裂いていく。

「ありがたい。松が承知とあらば、猶予はならぬ。あすにもこの城を出るがよい。連れのものたちを用意しよう」

安堵の顔を見せて部屋を出て行った盛信は、すぐに松姫一行の警護のため十数名の武士を用意した。

翌朝、松姫一行は、小雪降る中、三の丸から大手門を出た。大手門先まで、盛信が見送りに来た。

「気を付けて参れ。督を頼む」

盛信の顔は悲しげだった。

「兄上様、督は必ず私が娘として育てましょう。ご安心を」

松は、兄の顔を見るのはこれが最後と思った。

大手門からの急な坂道を降りはじめた松の歩みが止まった。

もう一度兄の顔を見ようと振り返りかけた時だ。後ろから盛信の鋭い声が飛んできた。

「振り返るな！　前を向いて行け。ひたすら歩め。

これから先、どんな苦難が待っていようと、死んではならぬぞ。まっすぐ前を向いて歩んでゆくのじゃ」

それはこれからの自分の人生への言葉と松は受け取った。涙がこぼれそうになるのを必死にこらえると、前を向いたまま小さく何度もうなずいた。

松姫一行は、ちょうど一月前、新府城からやってきた道を戻るように、杖突街道を北へ向かった。

その姿が見えなくなるまで、盛信はじっと一行の姿を見守っていた。

コヒガンザクラ

松姫一行を見送ってから十日ほど後のこと、武将の小山田昌行が「至急、御報告あり」と連絡してきた。

広間で待ち受けると、三人の武士を連れて部屋に入ってきた。

「この者たちは、大島城、飯田城、松尾城の者たちにございます」

いずれも、伊那街道沿いの城にあって、織田軍とまみえた者どもである。戦況を報告に参ったのであろう。

「して、様子はどうじゃ。仔細を申せ」

話の先を急ぐように身を乗り出した盛信に対し、三人とも首をうなだれたまま黙っていた。

「御大将、誠に不本意ながら、いずれの城主も戦わずして逃げるか、織田方に寝返ったとのこと」

傍らの小山田昌行は口惜しそうに唇をかんだ。

「無念にござる！」

三人は口々に叫ぶと、その場に泣き崩れた。

盛信は驚かなかった。始めから分かっていたことだ。彼ら大将に戦いを期待する方が間違っているのだ。いまの武田軍に命を捨てて戦うものなどいない。悲しいことだが、これが武田軍の今の姿であろう。

「城主は逃げましたが、彼らはこの高遠城で盛信様と共に織田勢と戦いたいと申しております。是非お許しを」

大将に逃げられた兵ほど哀れなものはない。それでも、敵に一矢報いようと逃げてきた兵を、盛信は温かく迎えた。

後で昌行が兵士たちから聞いた話を合わせると、信忠率いる織田軍は、まず森長可、団景春の先行部隊一万の兵が伊那入り口の下条に入るや、そこを守る兵士たちが隊長である下条氏を追い出し、敵を城に引き入れてしまった。

勢いを得た先行部隊は伊那道を北上し松尾城に迫ったが、城主小笠原信峰は戦わずして降参し、織田勢に加わってしまったと言う。

その北に位置する飯田城は、城将保科正直と加勢に来た小幡因幡守との間で指揮を争っているうちに織田軍が各所に火を放ったため、兵士は戦闘意欲を失くし、我先にと城を捨てて逃げ去っていった。

さらに、織田軍は一気に大島城に向かった。大島城には武田信玄の弟、勝頼の叔父、武田信廉が伊那の武田諸城の総大将として指揮を執っていた。

しかし、その信廉も飯田城があっさり陥落したことに怖じ気づき、夜陰に乗じて数名の部下と一緒に城を逃げ出してしまった。

大将が城から消えたのを知った兵士は次から次へと逃げ出し、最後は城主大島讃岐守以下十二、三人だけが戦い討ち死にした。

織田軍の先行隊一万の兵が伊那口に入ったのは二月十四日。そして大島城を落としたのがそのわずか二日後の十六日。武田勢が逃げ惑う中、織田軍はまさに無人の野を走るがごとく高遠城へと迫った。

「では、この高遠に来るのも近いな」

盛信が考えていたよりはるかに早い織田勢の侵攻だが、すでに覚悟の盛信は決して慌てなかった。

小山田昌行など主な武将を本丸の広間に集め、改めて戦評定を始めたときだ。

諏訪の上野原に陣を敷いていた兄、武田勝頼から軍使が文を持ってきた。松尾、飯田、大島城の落城を伝え聞いた勝頼は、盛信に「もはや伊那を守ることは無理。高遠城を捨てて、自分と一緒になって欲しい」と書き記してあった。

勝頼としては、伊那で盛信を失うことは耐えがたく、猛将を自分の傍に置いておきたかったのだろう。

盛信はその密書を見てしばらく考えに沈んでいた。

「兄を助けに、この高遠城を去るべきか」それとも「城主として最後までこの城を守って戦うべきか」、どちらの選択も、盛信にとっては苦渋を伴う。

暫くたって、盛信はその場で勝頼への返書を書くと、集まった武将達の前で読み上げた。

「私を城主にしたのは普段は領内を支配し、治世を図り、一旦事あるときは敵を防ぐためではありませぬか。此度の合戦は四面敵だらけで最早御家の最期と存じます。

しかるに事の無いときは城を守り、戦となっては敵の姿も見ぬうちに城を明け渡しては、我が武名はもとより、武田家の名折れ、余りに不甲斐なく思われましょう。仰せに背いて申し訳ありませんが、城を明け渡すことだけはお許しください。

敵が攻めてきたならば、叶わぬまでも防ぎ戦い、城を枕に一同討ち死にする覚悟。自分が生きている間は、敵一兵たりとも甲斐路へは通しません。もし、甲斐への道に敵が押し入ったそのときは、盛信はすでに討ち死にしたとお思いください」

広間からは誰ともなくすすり泣きが聞こえた。悲しみの泪ではない。五万の大軍に向かって死を覚悟しながらも、堂々と立ち向かう勇気と誇りを持った大将を仰ぐ幸せを、誰もがかみしめていた。

誰かが立ち上がると叫んだ。

「他の城の事はいざ知らず、この高遠城の我らの心はただ一つ。敵方に、武田武士の意地を見せつけることにあり。我ら全員討ち死は覚悟でござる」

「御大将、御供仕る！」

「御大将のもとで戦う我らは幸せ者でござる」

「早く戦いたいもの。腕が鳴り申す」

次々に立ち上がり、声を上げるものが続き、広間は騒然となった。

その間、盛信は腕を組んで、じっと眼を閉じていた。その姿を小山田昌行が頼もしそうに見つめていた。

一方、織田軍は大島城で後から来た信忠軍と合流し、五万の大軍となって高遠城に向かった。

だが、城から西方一里の貝沼で軍を止めると陣を敷き、何日も動かなかった。

信忠は、父信長から「武田軍は恐るに足らず。ただ、高遠城の仁科盛信だけには用心せよ。堅固な城を守る城主、仁科盛信は猛将に加え知略に富み、大軍をもってしても容易に攻め落ちぬ」と忠告されていた。

貝沼では戦評定を何度も重ね、攻略法を議論した。大軍を持ちながら評定を重ねたのは、それだけ仁科盛信を恐れていた証拠である。

もうひとつ、信忠が高遠攻めをためらった理由がある。松姫のことである。盛信から密書が届き、高遠城に松姫がいることを知らされた時、信忠は嬉しさをこらえきれなかった。

夢にまで見た松姫に逢える、盛信の依頼に即座に「迎い入れる」と返事したのも、一刻も早く松姫に会いたい一心からであった。

だが、その後、日にちがたっても盛信から何の連絡もなかった。既に、高遠城の傍まで来てしまった。いつまでも待てぬ。信忠は一計を案じた。

貝沼の織田軍から信忠の使者として一人の僧が、高遠城への坂を上っていった。

「此度は武田勝頼殿を亡ぼすために攻め入ることになった。伊那は難所にて容易には破れまいと思っておりましたが、武田方の多くは逃げる者、内通する者多く、造作なく破れてしまいました。あなた様だけが城を堅固に守って今日まで支えてきましたことは、誠に感心なことですが、この事態になっての籠城は誰のためか分かりません。速やかに城を明け渡されよ。明け渡したなら、仁科家の名跡は残し、領地も元通り進上いたしましょう」

諸将を左右に連ねて僧の口上を聞いていた盛信は、

「はて、異なことを聞く。城は敵を防がんためにある。無益の甘言費やさず、早々軍を寄せられよ。戦場にて信忠殿と一戦交えるのを楽しみにしておる。信忠殿に伝えよ。再びかかる使いは無用にござる」

と言うと座を立って奥へ入ってしまった。

役目を終えた僧だが、そのまま引き下がらず、傍らの小山田昌行に進み出た。懐から文を丁寧にとりだすと、

「これは信忠様から盛信様への親書にござる。御返事はこの場で頂きたい」と言って手渡した。いぶかる昌行に僧は小声で「松姫様のことにございます」と囁いた。昌行はやっとうなずき、そのまま盛信のいる奥間へと入っていった。

暫くして、昌行が盛信の返書を持ってくると、控えていた僧に渡した。中には、

「松はすでにこの城にあらず。相模の国へ落ち参らせた。信忠殿には、心おきなく攻められるがよろしかろう。盛信、お相手申す」

と書いてあった。

信忠軍に戻った僧は、「盛信殿の義心は鉄石より硬く、到底動かすことはかないません」と報告すると同時に、盛信からの返書を渡した。中身を読んだ信忠は落胆の色を隠せなかったが、文面をじっと見つめていた顔がほころんだ。

「なるほど。盛信殿のお心遣い、しかと受け止め申した」

と、呟いた。周りのものはなんのことか分からず、気にも留めなかった。

信忠は、再び僧を使者に立て、高遠城に向かわせた。

僧が再度やって来たことを聞いた小山田昌行はにわかに怒り「先にあれほど潔い返事をしたのにまた来るとは、我らを馬鹿にしておるのか。直ちに追い返せ」と息巻いた。

だが、盛信には何か考えがあるのか、使者を城内に入れた。そして、部下の渡辺金大夫にある策を授けた。今度は口上を拒否するだけではなかった。渡辺金大夫は、口上を終えた僧をにわかに縛り上げ、その上耳も鼻もそぎ落とし、乗ってきた馬に俵のように括り付け追い返した。

「僧には可哀そうなことをしたが、仕方がない。我々は一日も早く敵が攻めてくるのを望んでいる。日数の経つにつれて兵士の士気が下がり、勇気もくじけ逃げ腰になりやすい。兵に士気のある間に戦うことが肝要。そのためには早く敵を怒らせる事じゃ。信忠殿もこの対応に必ず一気に攻めてこよう。明朝こそ決戦のときと心得よ。油断するな」

盛信の発言を聞いた各武将は「さすが戦の機微を心得た御判断」とその知略ぶりに感心した。

盛信の戦略に、信忠は見事にはまった。僧の姿を見た信忠は烈火のごとく怒ると、感情もあらわに全軍に「明朝総攻撃」の令を発した。その日の夕方のうちに、全軍を動かし高遠城を包囲した。夜になると篝火を焚いたが、その火は高遠城の三方を埋め尽くし、まるで昼間のごとく明るく天を焦がした。

城の見張り役を務めた兵士がこの光景を見て、怯むどころか武者ぶるいした。

「たかが小さな山城に、少しの人数で立て籠もったのを、何とてあのような大軍で向かってくるのか。敵はよほどわれわれを恐れているのだろう。

どうせ死ぬ命、敵の大軍に駆け入って、力の限り戦って討ち死にするのは武士の本懐じゃ」と言うと、一同どっと喚声が上がった。盛信の部下は一兵卒に至るまで皆同じ思いを持っていた。
「猛将の下に弱卒なし」である。

三月一日、織田軍はついに行動を開始した。北と南に流れる藤沢川、三峰川にはさまれた高遠城は西側が断崖絶壁で攻撃は出来ない。藤沢川を越えた大手門のある北側は城の正面になるが、急な坂道も狭く攻撃側に不利。戦えるのは、二の丸、三の丸のある城の南口と東口である、信忠は兵の主力をここに向けた。森長可、川尻肥後守、毛利河内守、団平八郎率いる軍勢一万を持って藤沢川を渡り、城の北を回って、東側の城戸を攻める。

一方、滝川一益は兵五千を引き連れ三峰川を渡り、城の南口を攻める。そして、城の北側、大手門から入る城の正面に水野和泉守、同党十郎親子率いる七千の軍が鉄砲隊を連ねて攻撃にあたる、城の三方から攻める作戦。

全軍は五万だが、城の周りは険しい山道で道も狭く、大軍で登りづらい。加えて唯一戦場となる城の東、南側も、わずかな土地しかない。とても大軍が押し寄せることは出来ない。

夜陰に乗じて各部隊は行動を開始し、翌朝、三月二日卯の刻（午前六時）を期して、各軍一斉に総攻撃を開始する手筈になっていた。

この作戦がそのまま実行されていたら、高遠城は一刻（二時間）もあれば陥落しただろう。なにせ攻める織田軍二万二千の兵に対し、守る側はその十分の一に近いわずか二千五百。

しかし、織田軍に思わぬ混乱が生じた。城の南を攻める滝川一益の部隊に居た若武者たちが、卯の刻（午前六時）を待たず陣中を抜け出し、山をかけのぼって籠城側に攻め入ろうとした。その数、千余り。彼らは伊那口に入ってから戦らしい戦をせず来たため、「今回は何としても手柄をあげなければ」と功名に焦った。

しかし、前夜から臨戦態勢を引いていた籠城側は待ち構えていたかの如く、登って来る敵兵を上から次々に討ち落としていった。滝川勢の残った者達は足並みを立て直す暇もなく陣中に逃げ帰ってしまった。

これだけで終わらなかった。南口での喚声を聞いた東口の森長可は「さては滝川勢に先を越されたか」と焦り、これまた卯の刻を待たずに自らの兵三千余人をもって城に攻撃を仕掛けた。まだ暗い中を一気に城壁間際まで駆けつけたが、これも攻撃を予期していた武田勢が弓鉄砲で応戦し、ころ合いを見て城兵は雪崩を打って城外に出ると、双方入り乱れての斬り合いが始まった。

次第に夜が明けてきた。朝霧が晴れていくにつれ、森勢は驚いた。戦っているのは自軍の兵三千のみ、残り七千の兵は軍令に従い、卯の刻に合わせてまだ城下を進軍中であった。

小躍りしたのは武田勢。東口の兵士は千余りと敵に比べ数は少ないが、全員討ち死に覚悟の者たちである。必死の形相で切っ先鋭く切り込んでくる。これに対し森勢は数こそ多いが、これまでの経験から「武田勢組み易し」のおごりがあった。思わぬ反撃にあって混乱し、守勢に回った。「この機を逃さず」とばかり、武田勢は一層激しく攻め立てる。

森陣営はたまらず崩れ、皆我先にと背後の月蔵山目指して逃げ退いてしまった。

初戦は完全に盛信勢の勝利となった。

森勢の悪戦を知った毛利、団、川尻勢七千の兵は、「はや、取り返せ」とばかりに城への急な斜面を駆け上がっていった。

だが、この東、南口を防御の要と踏んでいた仁科盛信は自ら先頭に立ち、小山田昌行、飯島民部、同小太郎親子ほか、四、五百人の手勢を引き連れ、「一兵たりとも上に上げるな！」と叫び、崖を登って来る敵兵を突き刺していった。

それでも次から次へと登って来る織田勢との攻防は次第に激しくなっていったが、大将自ら先頭に立って戦う武田勢の勢いが勝り、徐々に敵を追い下げていった。

だが、毛利、団、川尻の織田勢も負けじと一体となり、さらに一度は引き下がった滝川勢も再び加わり、攻め上がってきた。迎え撃つ武田勢も、東口を守っていた小幡因幡守、同五郎兵衛。同清左衛門も加わり、両主力軍が激突する激しい戦場となった。

一方、城の北口から攻め込む織田勢の水野和泉、同籐十郎親子率いる七千余の軍勢は同じ頃、ひと押しに進んで藤沢川を渡ろうとした。

しかし、ここも諏訪頼清、小山田昌貞が守る武田勢に阻まれる。藤沢川を渡ってくる無防備な敵兵を狙い澄まして次々に鉄砲で撃ち落としていった。それでも川を渡った織田勢が狭い山道を登って来ると、今度は城中の小高い所に蓄えていた大石大木を一気に投げ落とし、鉄砲を放った。

はね飛ばされるもの、押しつぶされるもの、死ぬもの数知れず。残った者もついには坂を駆け下り、ほうほうの体で川を渡って向こう岸に逃げていった。

時刻はすでに巳の刻（午前十時）に達していた。開戦から二刻（四時間）以上も経っているのに、織田勢はまだ一か所も高遠勢の固めを破ることは出来ていない。

城下にあって戦局を見つめていた信忠は、一向に進まぬ戦局にいらだちを募らせていた。ついに自ら陣頭に立ち、総がかりで攻めることを決めた。

「ものども続け！」

激しい声で叫ぶと、城下に残る二万を超える軍勢が一斉に鬨《とき》の声を上げた。その声は山や谷に響き渡り、攻め手を勇気づけた。

信忠は配下の中から剛の者千人を選ぶと先頭に立って、城の南から断崖を一気によじ登り、盛信勢の脇に出ると横から攻め立てた。盛信率いる武田の主部隊は三方から攻められることになった。

信忠の新手の精鋭兵が加わったことで、戦局は少しずつ織田勢が押し気味になっていった。織田勢は兵を交代させ新手の兵を次々に前面に送りこんでくる。盛信勢には兵の交代要員はいない。城外で戦う武田勢は徐々に二の丸の外堀へと追い込まれていった。

それでも、死を覚悟している兵は決して引き下がらない。前へ前へと切りかかり、最後は相撃ちを狙ってかかって来る。その必死の形相に織田軍は恐怖し、ひるんだ。

しかし、時がたつにつれ、数の力がものを言ってきた。死を覚悟に力を振り絞って戦ってきた武田勢に疲労の色が濃くなっていった。

これまで先頭に立って敵陣に切り込んでいた猛将、羽桐次郎をはじめ多くの武将が打ち倒されるのを見た小山田昌行は「形勢不利」と判断し、盛信に向かって「はや、城内に引きたまえ」と声をかけた。自らは手勢をまとめ、押し寄せる敵を蹴散らし盛信を促した。

盛信は後ろへ引かず、太刀を振って縦横無尽に敵陣を駆け回っていたが、敵の鉄砲に腿を射抜かれ、さらに多くの手傷を負い「まずは城に引き揚げ、人馬を休めてから再び合戦」と、群がる敵を追い払いながら城中に入った。

敵の大将が城中に入ったのを見るや織田勢の攻勢は一段と強まり、城内からの弓、鉄砲もものともせず、雲霞のごとく二の丸に迫り、空堀を越えて次から次へと城内に雪崩入った。

それでも城兵の抵抗は激しく、城内に入るには一刻以上もかかった。二の丸には、北口から水野隊が、諏訪頼清、小山田昌貞を破り侵入、城内には数千人の織田勢がひしめき合った。守る武田勢は、手負いの兵がもはや三百人余り。雌雄は決した。

だが、それでも残った武田勢は「一人でも多くの敵を討って死のう」と、最後の力を振り絞って敵に立ち向かい、凄惨な戦いになった。

ついに二の丸も攻め落とされた。仁科盛信は本丸の大広間に小山田昌行、原河内守など生き残った数名の武将と三十人余りの兵と立て籠もった。

そこにも本丸に上った織田勢が押し寄せた。敵の大将を見つけた寄せ手の兵は意気が上がり激しく攻め立てたが、盛信以下各武将は「ここが死に場所」と奮戦した。

戦はいつ果てるとも見えず、業を煮やした森長可は兵を連れ建物の屋根に上り、瓦や板をはがし、天井から弓鉄砲を雨霰と撃ち下ろした。

「もはや、これまで」

盛信は二間の大床に上り、

「信玄が五男、薩摩守仁科盛信、二十六をもってここに自害する。汝らやがて武運尽きて腹切らん時の手本とせよ」

と叫び、敵兵をきっと睨むと、やにわに短刀を抜いて腹を掻き切った。小山田昌行はじめ残る武将たちも「我遅れまじ」と互いに差し違え、重なり合って倒れた。

壮絶な最期であった。

ときは未の刻（午後二時）、八時間余りの激闘の末、高遠城はついに陥落した。仁科盛信以下城兵二千五百余りは、一人残らず討ち死した。織田方はその二倍以上の五千人余の死傷者を出した。敵の二十倍も上回る大軍で攻めながら、これだけの死傷者を出した戦の例はない。織田軍に統制の乱れがあったこと、武田勢を甘く見たことなどが原因だろうが、大将仁科盛信以下一兵卒に至るまで、勇気と誇りをかけた決死の戦いは、言葉では言い尽くせないほど称賛に値するだろう。

とは言え、「要害は必ず兵禍を被る」の例え、激しい抵抗が余りに多くの死傷者を出した凄惨な結果を生んだのも事実。

翌朝、信忠の織田軍は盛信の首を安土の信長の許に送り、自らは杖突街道を北に進み、甲斐の新府城に向かった。

その朝、落城を知った高遠の人々は信忠に願い出て、盛信以下武将の遺体を引き取った。

遺体は三峰川で洗い清められ、近くの山に大切に葬られた。その山は後に盛信の名をとって「五郎山」と名付けられた。

盛信は高遠の人々から敬愛を集めていた。

高遠城は現在、城址公園となり、桜の名所として全国に知られている。公園内には千五百本もの桜の木が植えられ、毎年、四月の中旬には、月蔵山中腹の城跡一帯が薄紅色の霞がかかったように見える。桜は『コヒガンザクラ』と言って花弁が小ぶりで、少し紅い。この地で壮絶な死を遂げた人々の流した血が花に乗り移った、という言い伝えが残っている。

逃避行

話は高遠城落城のひと月ほど前に遡る。

高遠城を出た松姫一行のその後の足取りである。

杖突街道から金沢峠を越え、甲州路に入った一行は、三日後の二月四日には韮崎の新府城に戻った。

城主、武田勝頼は上野原に陣を敷いており、城内には女子どもしかいなかった。相談する人もいないまま、一行は一週間後には再び旅支度を整えて東に向けて出立した。

その際、城に残っていた勝頼の四歳の娘貞姫、人質となっていた小山田信茂の四歳の娘香具姫も連れて逃げることになった。

一行は韮崎から甲府盆地を横切るように東に向かった。幸い、まだ一帯は武田が支配しており織田勢に襲われることはなかったが、戦況は日増しに悪化する中で、いつ織田軍に襲われるか分からず、幼い子ども三人を連れた逃避行は容易ではなかった。

新府城を出て三日後、一行は甲府の入明寺にたどり着いた。

松姫は境内に入ると本堂の裏手に建つ小さな庵を訪れた。

まだ雪が残る境内にほのかに梅の香りがする。

庵の中に座っている托鉢姿の男に向かって松が声をかけた
「兄上様、お久しうございます」

「その声は……」

男は振り返って、しばらく考えているようだったが、

「松か?!」

驚いたように、顔を声のする松の方に向けた。

「はい、お会いできてうれしゅう御座います。兄上様、お身体はいかがで?」

「息災である。あばら家だが、まずはこちらに上がるがよい。話はその後じゃ」

うれしそうに言うと、松を招き入れた。

男の名前は武田次郎信親、武田信玄の二男である。

本来ならば、長男義信亡き後彼が武田家を継ぐべきだったが、幼少のとき天然痘に罹り目を患い、今はほとんど目が見えない。父信玄は信親をいとおしく思い、成年になると信州の海野城主として、海野次郎信親と名乗らせた。

信親は性来温厚で争いを好まず、盲目ということもあって、その後剃髪し、半僧半俗の生活をしていた。武田軍の戦況悪化を心配したこの入明寺の住職が寺に迎え、かくまっていた。

「そなたは高遠の五郎のところと聞いていたが、此度は何用でこの甲府に参ったのじゃ」

盲目の兄に心配はかけたくない。高遠から逃げてきたとは言えない。

「仔細あって相模まで参ります。新府城で兄上様がこの寺にお住まいと聞き、何としてもひと目、御

目もじしてから参ろうと」

と口を濁らせた。

「そなた一人かえ?」

信親はさらに問いかける。

「いえ、御屋形様、五郎お兄様のお娘御二人、それに小山田様の娘御もご一緒に」

「はて、女子ばかりで相模とは、随分と御苦労な事じゃが…」

と言うと、見えない目で探るようにじっと松の顔を見た。

まるで松の心の中を見透かすようで、急いで話を変えた。

「兄上様にはさぞ御不自由な毎日かと。何か困ったことがあれば、この松にお申し付けくだされ」

「目が見えぬはもう十年以上になれば、見えぬことに苦労はない。それに、……」

「はて?」

信親は少しだけ顔をあげ、遠くを伺うようにつぶやいた。

「目が明いているときは見えないものが、盲目になって見えることもある。世の流れとか、人の心の中とかな」

自分のことを言われているような気がして、松は身を縮めた。

「のう、松、今、四郎勝頼がどんなに苦しんでおるか、兄のわしにはよくわかる。家臣の多くが逃げ、親族からも裏切り者が出る。武田家を一人で守ろうと、必死で戦っておる。周りのものは何と言うておるのか知らぬが、わしは勝頼は父信玄にも劣らぬ武将であると思うておる。

しかし、この世には時の流れと言うものがある。時の流れは誰も止められぬ。どんなに栄えてもやがては滅びる。栄枯盛衰、盛者必衰の例えである。

武田家の命運はいまや尽きた。これも仕方ないこと。今、ときを得ている織田家も、やがて滅びるときが来よう」

次郎お兄様は見えない目で何もかもお見通しなのだ。

松は心が震えた。

「だが、武田家は滅びても、そなたは死んではならぬぞ。どんなことがあっても生きることを諦めてはならぬ。生きて必ず幸せになるのじゃ」

胸が詰まりそうになった。

五郎お兄様もそう言ったのだ。死ぬな、と。生きよ、と。

「兄上様！」

そう言うのが精いっぱいだった。

「そなたとは積もる話はある。しかし、長居は無用じゃ。今宵ひと夜を過ごしたら、明朝早く出立するがよい」

「兄上様は？」

「ここに留まる。心配はいらぬ。猛々しい織田の者たちも、坊主を殺しはしまい」

その夜、松は信親の庵に泊った。庵から漏れる明かりが夜遅くまで庭を照らしていた。

松が信親の顔を見た最後の夜となった。

後のことだが、武田勝頼が天目山で自刃し、武田家が滅亡したことを知った信親は、その夜、寺の境内で自害した。たとえ、戦に加わらなかったとは言え、最後まで武田一族の誇りを失わなかった。侵入してくる織田勢を恐れて、信親の墓は建てられなかったが、埋葬した場所の傍に紅梅の木を植えて『目印』とした。現在では入明寺の門の脇に立派な墓があり、何代目かの梅の木が、寄り添うように立っている。

早春にはいっぱいの紅い花が咲くという。


入明寺を出た松姫一行はさらに東へ、翌日には笛吹川を越えて、石和の里を通った。

この里の「東油川」は、仁科五郎盛信、松姫の生母、油川夫人の生誕の地である。松姫も幼い頃、よく母に連れられて遊びに来たことを思い出した。

しかし、懐かしさに浸る間もなく、一行は足早に歩を進め、その日は郷はずれの開桃寺に宿をとった。開桃寺は武田家と因縁浅からず、武田家の重臣の娘たちが尼僧となって代々法灯を受け継いできた尼寺である。松姫一行を温かく迎えてくれた。旅の疲れもあって一行は数日を寺に逗留することにした。

「何もございませぬが、旅の疲れの癒しになればと」

尼僧が何やら食べ物を皿に載せて持ってきた。

一口含むと、さっぱりした甘みが口内に広がった。

「これは？」

「桃にございます。秋に採れたものを一旦煮て、後で冷やして保存しておきますと一層甘味が増しまする」

甲州一帯は以前から葡萄の栽培が盛んだが、余り桃の木は見当たらない。

「先代の比丘尼《びくに》様が門前に植えたのが始まりとか」

そう言えば、寺に向かう道すがら、甲州では見かけぬ木がそこここに茂っていると思ったが、あれが桃の木か。

「疲れを取るには甘いものが何よりの馳走。尼僧殿、有難く頂戴仕ります」

「なにをそのように頭を御下げくださいますな。もとはと言えばこの桃の木、御父上、信玄公に教えて頂いたもの。

今では立派に生い茂り、私どもの生活の糧となっておりまする。お礼を言うなら私どもの方でございます」

「この寺の名は開桃寺。開墾して桃の木を植えたという謂れから？」

「はい、開桃寺という名も、そのときに信玄公に付けていただきました」

尼僧はうれしそうに言うと、顔をほころばせた。

甲斐にはそこら中に武田の〝足跡〟がある。自分たちは今、父信玄をはじめ武田家の多くの人がこの甲斐に残した足跡の上を歩いている。

松は、改めて父信玄の偉大さを感じた。甲斐の人々の心には、武田家が深く根ざしているのだ。

だが、その武田が今滅びようとしている。

すでに織田勢が伊那口に入ったとの知らせが入った。いつまでも、甲府にとどまってはいられない。

四日後、「どうぞご無事で」という見送りの尼僧たちの声を背に受け、松姫一行は再び相模の国を目指して東に進んだ。

次に一行がたどり着いたのは、やはり武田と関係が深い、塩山の向嶽寺。

この向嶽寺でも、住職らの温かいもてなしを受けた。裏山に隠れ場所として小屋を建ててもらった。その間にも、次々と武田軍の悲惨な情報が伝わってきた。

織田軍は既に信濃の国に攻め入り、侵攻を続けていると言う。来るべきものがついに来た。甲斐の地に自分たちが安らぐ場所はなくなったのだ。

織田軍の武田残党狩りも始まったという。もう、相模の国まで逃げるしかない。かえって心の整理は出来た。三人の姫たちを何としても守り育てていかなければならない。覚悟は決まった。


向嶽寺を出た松姫一行がその後どういう経路を辿って相模の国へ向かったか。

二説ある。

向嶽寺を出て一旦南に下り、甲州道に出たところで東に進路を変え、一路甲州道を歩んで、相模の国に入ったという説。

もう一つは、織田軍の落ち武者狩りを恐れて、人の目につきやすい街道を通らず、向嶽寺の裏山、塩山から山道に入り、大菩薩峠を越えて行ったという説。この経路は、標高千メートルを超える山から山の険しい山道が相模の国まで続く。季節は早春、山にはまだ残雪が深い。ひと目にはつきにくいが、幼女三人を連れた女子一行が歩むには、あまりに過酷な逃避行となる。

やはり、比較的平坦で歩きやすく、近道でもある甲州道を東に逃げのびたと考えるのが順当だろう。ただ、一行は十数名、歩いているだけで目立つ。用心に用心を重ね、人目を避けるため昼間は出来るだけわき道を歩き、夜を待って街道を急いだものと思われる。

それでも、山道に入ることがあった。最初の難所は笹子峠。曲がりくねった上り坂が延々と続く。陽のあるうちに峠を越えるのはむずかしく、夜は峠の野宿となる。峠の夜は底冷えがする。だが、大きな火を焚けば人の目に付きやすい。わずかな焚火に明かりが漏れないよう皆で取り囲み、幼き子を中にして暖を取った。

峠を降りても油断はできない。街道筋の大月城主、武田家の家臣、小山田信茂に織田方への寝返りの噂があった。

一行は小山田氏の居城、岩殿山を避けるように北に大きく迂回して、険しい山道に入った。その日はあいにく雨となった。山道は雨で滑りやすく危険が伴う。山道と言っても藪の中の小道を、所々の道しるべを頼りに進むしかない。

雨で先行きがけぶっているうえ、寒さに手足が凍え、歩みもままならなかった。誰もが先行き不安に包まれた。それでも三人の幼女は泣き言一つ言わず、おぶさった武士の背中で耐えていた。幼い心にも何が起きているのか、大人たちの堅い表情から感じているのだろう。

それがまた、一行の哀れを誘った。

二日間を山間で野宿して、あくる日、朝から快晴となった。だが、三日三晩、険しい峠や山間を歩き続けてきた一行の疲れは限界に達していた。

「これ以上、山道をゆくのは無理です。既に大月は過ぎたはず。里に下りましょう」

松姫の呼びかけに、一同ほっとしたようにうなずくと、山道を下り始めた。山里に下れば、危険が待っているかもしれないが、とにかく早く相模の国に入ることだ。

その日の夕方には山里にたどり着いた。人家の灯も見えたが、用心して野宿した。向嶽寺を出るときに持ってきた干し物、乾物類、粟、稗をかじりながら飢えをしのいだ。水は谷川の水を汲んでのどを潤した。

様子を見に行っていた家臣が戻ってきた。

「確か、ここは鶴川の里かと存じます」

「ならば、相模の国との国境は眼と鼻の先でござる。明日には相模の国に入りましょうぞ」

他の家臣が勇んだように松姫に告げた。

一同にほっとした空気が流れた。

「皆様のお力でなんとかここまでやってきました。されど、確かに相模の国に入ったと分かるまで、気を抜いてはなりませんぞ」

松はうれしい気持ちを抑え、皆を励ました。

翌日は、小雪交じりの寒い日となった。ただ、山道と違って道は比較的平坦で歩きやすかった。「はやく相模の国へ」と歩みも早くなった。

昼前に、少しまとまった集落が見えた。

物見に出ていた武者が松のところへ戻って来ると、叫んだ。

「相模の国に入りましたぞ！」

息が荒いが、顔は喜色にあふれていた。

「ここは確かに藤野の里。相模の国でござる」

その言葉を聞いた一同はその場にしゃがみ込んでしまった。ここまでくれば、もう追われることはないのだ。逃避行の疲れと甲斐を脱した安堵感が一気に出た。

「里に降りましょう」

誰かが叫び、皆、走り出そうとした。

「御待ち下され！　北条殿が果たして我々を迎えてくれましょうや？　織田側についたとすれば、かえって我ら、危うい目に」

中年の武士が不安そうに、呼び止めた。

「と言って、このまま山中にとどまるわけにもいくまい」

「まず誰かが先に里に降りて、様子を見てからにしてはいかが？」

「もう、食べものは尽きています。これ以上の山歩きは無理にございます」

「されど、大事な姫さまらを守らねばなりません。うかつな行動は控えねば」

なかなかまとまらない。皆、期待と不安が入り混じった顔だ。

「五郎兄上様からは『北条殿を頼れ』と言われました。この言葉を信じましょうぞ」

松姫の言葉に一同はようやくうなずくと、道を降りはじめた。

集落から少し離れた一軒家近くまで来た。

誰が戸をたたくのか、皆がそれぞれ顔を見合わせた。

「私一人が参りましょう。むくつけきそなたらでは、里の方もおびえて怖がられてしまいましょうに」

松姫はそう言うと家の戸を優しくたたくと「お願い申します」と二、三度声をかけた。

「はい、どなた様かな？」

家の中から女の声が聞こえて、松姫はほっと息をついた。

「旅のものにございます。少々お聞きしたいことが……」

戸をあけて出てきた女子はいかにも今まで裏の田畑で野良仕事をしていたような土で汚れた顔と手で松姫を迎えた。

「こちらは相模の国でしょうか？」

「ええ、そうじゃ。相模の藤野じゃが。どちらをお訪ねかな？」

人の良さそうな笑顔を浮かべながら中年の女は応えた。

やはり、相模の国に入ったのだ。しかし、藤野と言えば甲斐の国に近すぎる。織田の追手が侵入してこないとも限らない。里の人の話によれば、ここから北東へ約五里、八王子まで行けば、北条氏の支配が強い土地だと言う。

女房に礼を言うと、山里で一息つく間もなく、一行は再び東に向かった。

里人に教えられた細い道を登り、昼過ぎに峠を越えると、道は一気に下り坂に入り、夕刻には八王子に近い「恩方」にたどり着いた。農家の案内で一行はある寺の離れの金照庵と呼ばれる古びた庵でようやく旅の荷を下ろした。

伊那の高遠城を脱出してからひと月あまり、長く、厳しい逃避行の旅はようやく終わりを告げようとしていた。

恐れていた北条方からのお咎めもなく、北条氏の勢力下にある「恩方」でようやく穏やかで静かな日々が始まろうとした三月の中頃、「仁科盛信討ち死。高遠城落城」の報が届いた。

覚悟していたとは言え、最愛の兄を失った松姫の胸は引き裂かれんばかりだった。兄の最期の言葉が心の中でこだまのように響いた。

「なにがあっても死ぬな。生きよ」

兄は最期まで自分のことを案じてくれた。

——一番生きてほしかったのは兄上様なのだ。

涙を必死にこらえた松は傍に居る督姫を見た。

盛信の死を何と伝えよう。まだ四歳の幼い娘に、父の死はどう受け止められるのだろう。

督姫が大人になるまで話さずにおこうと決めた。いつになるやら分らぬが。

数日後、今度は「勝頼天目山にて自害。武田一族全滅」の悲しい知らせが入った。

とうとう来るべきものが来た、甲斐の地に自分らが安らぐ場所はなくなったのだ。この地を生涯の地として生きていくしかない。

だが、この見知らぬ土地で、これから何を頼りに生きていけばよいのか。連れの武士たちは、それぞれ生活の土地を求めて八王子に散っていった。「いざあるときは松姫様をお守りいたす」と言ってくれたが、自分の生活は自分で決めなければならない。

それに三人の幼子も育てていかなければならぬ。特に病弱の督姫は気がかりである。ようやく甲斐の国を脱したとは言え、これからのことを思うと、松姫は途方に暮れていた。

そんなとき、松姫の心をいやしてくれる人がいた。卜山禅師だ。彼は松姫一行がこの恩方にたどり着いたとき、一行たちを優しく受け入れてくれ、松姫に金照庵を用意してくれた恩人である。門徒には北条氏政始め北条一族を抱え、氏政の厚い庇護を受けた僧侶でもある。松姫一行が北条氏の咎めを受けなかったのも、彼の氏政への助言があったからといえよう。

「お松殿、無念ながら武田家は滅んだのです。これは時の流れでござろう。されど、お松殿は生きていかねばなりませぬ。生きて武田一族の菩提を弔うことこそ、生き残った者の務めでござろう」

卜山禅師は悲嘆にくれる松姫の肩をそっと抱いて、静かに諭した。

松姫の心には、自分だけが生き残った罪悪感に似た後ろめたさがあった。敬愛する兄の五郎盛信様、勝頼お屋形様をはじめ、武田一族の全てが滅んでしまった。自分も高遠城で兄盛信様と一緒に戦って死ぬはずだったのだ。

それが兄上の「生きよ」の言葉で生き残ってしまった。

「死ぬることより、生きながらえる方が辛いこともあるのですよ。それでも生きなければなりませぬ。盛信殿のご遺志に応えるためにも。な」

卜山禅師の言葉が心に深く響いた。

「なんとしても生きていこう。なんとしても。私一人ではない。三人の幼子たちを立派な女子に育てるまでは、どんな苦労にも負けてはならぬ」
松姫は心に固く誓った。

和田峠

初夏の風がさわやかに林を抜けてくる。

五月のある日、金照庵で暮らす松姫のところに、一人の武士が尋ねてきた。

「北条氏政様の使いで参った。松姫殿にお会いしたい」

戸田清乃進と名乗る武士は、部屋に入るや、話を切り出した。

「主、氏政より文を預かって参りました」

武士はそう言うと、懐から大事そうに一通の手紙をとりだした。

「中身は織田信忠様より松姫様へのお文にございます」

――信忠様?! 私に文を?!

松姫は今、武士が言った言葉がとっさには理解できなかった。

――北条氏政殿がどうして織田信忠様の文を……。

二人の名が結び付かない。

だが、信忠様と言う名前を聞いて、胸がどうしようもなくときめくのを抑えきれなかった。

「主、氏政より松姫殿にお渡しするよう預かってまいりました」

受け取ったものの、松姫はしばらく茫然としていた。

――どうして信忠様は私が八王子に住んでいることを知ったのか？

信忠の手紙を一刻も早く開きたかったが、その前に疑問がわいた。

信忠は、伊那の高遠城攻めの際、城主、仁科五郎盛信から松姫の存在を知り、迎え入れるつもりだった。

しかし、松姫の拒否により断念せざるを得なかった。その折、盛信から「松は相模に逃がした」と知らせがあった。それは「松姫は生きて相模に居る。戦が終わった後、迎えに行ってほしい」という盛信の暗示と受け止めた。

武田攻めが終わった後、信忠はすぐに相模の国主、北条氏政に松姫の消息を手紙で尋ねた。恩師卜禅和尚から松姫のことを聞いていた氏政が直ちに信忠に応えた、というわけである。

むろん、松姫はそんな事情は少しも知らない。ただただ驚き、困惑するだけだった。

何か恐ろしいことが書いてあるのでは、という不安、それ以上に恐怖が先だった。一方で、愛しい信忠様からの手紙という喜びもあった。

手紙を開く手が震えている。

松姫が文を開くとそこには驚愕の報せが記してあった。

「これからそなたを迎えに参る。迎えの駕籠を和田峠まで差し向けるので、それに乗ってほしい。色々あろうが、全てはそなたの顔を見てからじゃ。早く逢いたい」

――私を迎えに信忠様が?!

信じられなかった。信忠様のことは、高遠城を出たときから諦めていた。いえ、破談になったときから、二度とお会いすることはないと思っていた。まして、相手はわが武田一族を亡ぼした憎い織田軍の総大将。今は敵同士の身。逢ってはならぬ人である。

だが、胸の鼓動が激しく高鳴るのを抑えきれなかった。あの信忠様が自分のことを忘れずにいてくれた。私を迎えに来るという。信忠様にすれば、敵将の娘を迎えるなど父信長殿をはじめ織田方すべてのお怒りを承知の上で、覚悟のことであろう。その気持ちがうれしかった。

——逢いたい、一目だけでも逢ってお話がしたい。

だが、それは許されることではない。自分は武田信玄の娘であり、勝頼の妹であり、武田一族のひとりである。まして敬愛する兄、五郎様を討った相手ではないか。その方々のためにも、おめおめと敵将のもとに参る訳にはいかぬ。私の役目は亡くなった武田一族の霊を守って生きていくことにあるのだ。それが生き残った者の務めである。

それに、兄から託された督姫をはじめ、幼き子たちを守っていかねばならない。松姫は諦めるしかなかった。今の自分の身の上を考えれば織田方に参るわけにはいかない。

とは言え、心の底では、信忠様に逢いたい気持ちを断ち切ることもできなかった。迎えの駕籠までよこしてくれた信忠様なのだ。

心が決まらぬまま、悶々として日々が過ぎ、迎えの駕籠が和田峠に来る日が迫っていた。

松姫のそんな様子を、卜山禅師が気がつかぬはずはなかった。

「なんぞ心苦しきことがおありか？」

卜禅和尚が見かねて尋ねてきた。

自分のことを親身になって世話をしてくれる卜禅和尚に、すがるように信忠の手紙のことを話した。

「私はどうすればよいのでしょう。武田家の事を考えれば、信忠様のところへは行けませぬ。されど……」

話を聞いていた卜山禅師はしばらく考えているようだったが、松姫の顔を見つめて言った。

「松殿は、今でも信忠殿をお慕いしているのですな？」

松姫が小さく、深くうなずいた。

「ならば迷うことはありますまい。直ちにお迎えに応えられたがよろしかろう」

「でも、武田の多くの方々が悲嘆の底に苦しんでおられるときに、私だけが、皆様を捨てて、自分の幸せを掴むなど許されるのでしょうか」

「誇るものはありましょうな。武田家を捨てて、敵の大将の元へ行くなど、裏切り者よと。されど、もしこのまま、あなた様が信忠殿のお誘いを断ったなら、あなたは一生後悔されるでしょう。どんなに人から言われようと自分の道は自分で選ぶのです。

兄上、盛信様があなた様を高遠城から逃がしたのも、あなた様に生きてほしい。幸せを掴んでほしい、と願われたからではありませんか。

女の幸せは、いとしいお方の傍に居ることではありませぬか。兄上様もきっとそうおっしゃると思いますよ」

兄上様は私に「生きよ、生きて幸せになれ」と言った。「武田は滅んでも、そなただけは生きてほしい。

生きて幸せになってほしい」と言った。

「しかし、督姫、貞姫、香具姫、三人のこともあります。三人を置いて信忠様のところへは行けませぬ」

まだ三人とも幼子である。私がいなくなったら、自分では生きてはいけない子どもたちだ。

「御心配は無用。我らこの地にて、お育ていたします。

後の事はこの和尚にお任せください。姫様は信忠殿の許へ参られよ。武田家の供養は何処にいってもできまする」

「しかし、わたしは兄上様から督の行く末を頼まれたのです。どうしても、督を置いて行かれません」

三人の幼子の中でも、督は病弱だった。

「それなら、督殿だけは連れて行かれるがよろしかろう」

禅師の言葉で迷っていた松姫の心は決まった。自分が心に思ったことに忠実に生きていこう。どんなそしりを受けようと、自分は愛しい信忠様のおそばに行こう、そう決意した。

兄五郎盛信の最期の言葉「生きよ。前に向かって歩め」その言葉が自分を後押しした。


信忠からの迎えの日が来た。

その日は朝から雲ひとつない初夏の爽やかな空だった。

信忠の元へ行くと決めてから日にちが無いこともあって、わずかな身の回りの荷物をまとめ、督姫と侍女一人、それに供のもの二人を連れて、夜明けとともに下恩方を出た。

迎えの駕籠が来るという和田峠まで登り道とは言え二刻(四時間)ばかり、昼前には辿りつけるはず。歩き始めて小半時、道は険しい山道に入った。

――思えば、つい三か月前、信忠様の軍から逃れて、甲斐の国からこの峠を逃げてきたのだ。その道を今は信忠様に逢うために戻っている。人の運命とはなんと不思議なことなのか。

松姫は自分の運命の不思議さを感ぜざるを得なかった。

はやる気持ちを抑えきれなかった。今まで文をどれだけ交わしたか知れない。逢わなくても信忠様がどんな方は分かっている。でも、これまで一度もお逢いしていない。その信忠様に、夢にまで見た信忠様に逢える日が来るなんて。

お逢いして最初になんと言おうか。信忠様は私を気に入ってくださるだろうか。もし、私を見て、気に入られなかったらどうしよう。気に入られても、周りの皆さまから「あの武田の娘」と罵られよう。お父上、信長様はとても気性の激しいお方と聞く。敵将の娘を迎えるなど決してお許しにならないのではないか。

いざ、信忠のもとに参るとなると、次々に不安が募っていく。それでも、自分は決めたのだ。きっと幸せになるのだ。

空が広がってきた。

「間もなく峠でござる」

供の者が明るく声を掛けてきた。

そう言えば遠くに峠を示す、道標が小さくみえる。その周りには駕籠も人の姿も見えない。約束の刻まで半刻ほどある。きっとまだ迎えの一行は着いていないのであろう。信忠様に逢いたい一心でつい足取りも早くなってしまった。気が付けば、肩筋にじっとり汗をかいている。

たどり着いた和田峠で松姫一行は休憩をとった。峠は初夏の強い日差しで満ち溢れていたが、山頂を吹く風はやはり冷たい。汗に濡れた身体は急速に冷えていった。身体を拭いているうちに約束の刻限になった。陽射しが中天から真っ直ぐ降りてくる。

「どうやら私どもが早かったようでござるな。まだ駕籠の姿は見えませぬ」

峠を越えて西側の様子を見に行っていた供の者が戻ってきて、首をかしげながら言った。

慣れぬ道を登っているのだ。それに駕籠という荷物も一緒だ。少々の遅れはいたしかたない、一同はそう思った。

半刻たっても、駕籠一行の姿は見えなかった。

何か手違いがあったのかもしれない、一同の間に少しだけ不安がよぎった。

西空ににわかに白い雲がわき上がって来るのが見えた。

風も出てきた。

「姉上様、お腹が空いた。何か食べるものを下され」

督が松姫の手を振って、顔を見上げてせがんだ。

「おう、もうそんな時刻か。それはすまなんだ。督に何か食べるものを」

松姫が侍女に声をかけたとき、約束の刻限は一刻（二時間）以上過ぎていた。

「それにしても遅うございますね」

侍女がいら立つ気持ちを抑えながら言った。

初夏の陽も、西に傾きかけていた。

彼女らが居る場所にも影が差してきた。

時は刻々と過ぎていく。だが、駕籠の一行の姿は一向に現れない。

もう一刻近くが過ぎた。

誰かが待ちくたびれたようにつぶやいた。

「日にちか、時刻を間違えておりませぬか？」

「いいえ、手紙には確かに六月七日、和田峠に午の刻（十二時）に、と確かに書いてありましたが」

大事なことだ。松姫はしっかりと手紙の文章を覚えている。

「では、あちら側が間違えたのかもしれませぬ」

侍女が慰めを言った。だが、信忠にしてもこんなに大切なことを間違えるはずはなかった。

信忠様の身に、何か思わぬ出来事が起こったのかもしれない。松姫の心に黒い不安が広がった。父上、信長様が許さず、迎えの駕籠を差し止めたのではないか、そんなことまで考えて、松姫は身ぶるいした。

「姫様、風が強くなってきました。風邪など引いては一大事。今日のところはひと先ず山を降りましょう」

長い初夏の陽といえども、陽は西山に近づき、東の空はすでに群青色を増していた。

「戻りましょうぞ。この時刻になって現れぬということは今日はお見えにならぬということ。また明日、同じ時刻にこの峠まで参りましょうぞ。きっと明日はお迎えが参るでしょう」

何の根拠も無いが、この場で待っていても暗くなるのを待つだけだ。夜になるまでに里に下りなければ、身が危ない。後ろ髪を引かれる思いで、松姫は山を降りるしかなかった。


翌日はどんよりとした曇り空で、今にも雨が降り出しそうな蒸し暑い朝だった。松姫一行は再び山道を登り和田峠を目指した。昨日と同じ午の刻には和田峠につき、信忠一行の到来を待った。昨日と違って峠は霧に包まれ見通しも悪く、不安が募った。

この日も一行は現れなかった。夕刻まで待って、松姫一行は山を降りた。

その次の日も。

「もうこれが最後。この日にお迎えが来なかったら諦めましょう」

松姫は自分自身に区切りをつけるように心に決めて、山道を登った。

峠についたがこの日も定刻には駕籠の一行は姿を見せなかった。

「やはり来ないのか」

諦めかけたそのとき、自分たちが上ってきた山道を駆け上がって来る一人の武士が見えた。

「どなたか？　何事？」

武士のただならぬ様子に、松姫一行は身がまえた。

松姫一行に慌ただしく近づいた武士が叫んだ。袴が土で汚れている。余ほど急いで登ってきたに違いない。

「主、北条氏政の使いで参った。松姫様でござるな」

黙ってうなずく松姫に向かって振り絞るような声で言った。

「信忠様の迎えの駕籠は参りませぬ」

「なんと！　なにゆえか?!」

「それが」

口詰まる武士に向かって、焦れたように傍らから次女が叫んだ。

「仔細を申せ。何を聞いても驚かぬぞ」

それを聞いた武士が顔を下に向けて言った。

「信忠様は自害なされました！」

「なんと！」

「これには仔細あり。今月二日早朝。織田信長様御家臣の明智光秀ご謀反。一軍をもって、京都本能寺にお泊りの織田信長様を襲いましてございます。信長様を始め必死に迎え討ちましたが、多勢に無勢、光秀は寺に火を放ち、ついには信長様はご自害。

信忠様はその日、二条城にあり、明智光秀の謀反を知るや、父信長様を御救いせんと、城を出ましたが、光秀勢が城を取り囲み、兵力の差はいかんともしがたく、敵に首をとられるくらいならと、信忠様もご自害あそばれましたとのことにございます。

よって、迎えの駕籠は参りませぬ。ただちに、山を降りられるがよろしかろう」

聞いている松姫の顔から見る見るうちに血の気が引いていく。

――信長様が家臣の謀反で自害?!　そして信忠様までも！

思いもよらぬ出来事に松姫は気が遠くなった。

――信忠様が自害されたのだ。私を迎えに来る信忠様はもうこの世にはいないのだ。信じられない。自分が幻を見ているような気がする。

急に足元から力が抜けていき、松姫はその場に崩れた。

「姫様、お気を確かに！」

侍女が慌てて松姫を抱きかかえた。

――家臣の裏切りとは、信忠様は何と無念だったろう。自分は逃れることも出来たろうに、父上様を救いに打って出て敵軍に迎え討たれたのだ。

まだ見ぬ信忠の優しい笑顔が目に浮かんだ。

信忠への愛しさがこみ上げ、悲しみが胸をかきむしった。

――自分は何度も悩んだ末に心を決めたのだ。武田の名前を捨て、父信玄様、兄勝頼様、武田の皆様に背を向けて、信忠様のところに参ろうと決めたのだ。

武田家からどんなそしりを受けようと決して後悔はしまいと。信忠様への愛を貫こうと決めたのだ。

それなのに、その信忠様が自害とは！　私は一体…。

松はこれほど自分の運命を呪ったことはない。

その場に再びしゃがみ込むと、ただただ涙した。

どれだけの時が流れていったのだろう。

陽は西に傾いていた。

「姫様、迎えの駕籠が来ないと分かった以上、この峠に居るのは無用、戻りましょうぞ」

侍女の声に促されて松姫はしかたなく山を降りはじめた。

――やはり、罰があたったのだ。

そのとき、松姫は遠くで自分の声を聞いた。

――武田家を捨て、敵将である信忠様の許に走るなどとは、天にも恥じる行為であった。私は自分の幸せだけを望む、醜い女になり下がった。そんな我儘、身勝手な女を天がお許しになるはずはない。信忠様が亡くなられたのも、私のせいだ。これは私への天罰なのだ。

身体が激しく震えてきた。

その後、松は自分がどうやって山を降りて下恩方の金照庵までたどり着いたのか、全く覚えていなかった。


松姫が剃髪し出家したのはそれから間もなくだった。卜山禅師の薦めで彼が住職を務める「心源院」の門弟となり、名を「信松禅尼」と改めた。松姫二十二歳の秋であった。

心に深い悲しみを抱えながら松姫は、武田一族の菩提を弔うことに残りの生涯を捧げようと決めた。

それから三十年後、時代は豊臣から徳川へと変わり、思いもよらぬ運命が彼女を待っていた。

松姫と信忠の二人の愛を物語る逸話がある。

「信松院」の「信」は、父信玄からとったというものと、「信忠」の「信」からとったもの、という逸話である。「信松院」とは、信忠を待つ」ともとれる。

また、織田家の家譜には、信忠の室は「武田大膳太夫信玄入道信玄女」とある。松姫のことである。

誰がこの家譜を記したのか分からないが、信忠は死ぬまで松姫を妻と考えていたのは確かだろう。美しくも哀しい話である。

徳川家康

時は流れて、慶長十六年（1611）一月。

江戸城西丸御殿桔梗の間。

徳川家康が久しぶりに駿府城から江戸城にやってきた。九年前に家康は征夷大将軍として江戸に幕府を開いたが、わずか二年で息子の秀忠に将軍職を譲り、自らは大御所として今は駿河の駿府城に退いていた。隠居したわけではない。駿府にあって、なおも隠然たる勢力をもつ豊臣家の滅亡策をひそかに練っていた。

「駿府に比べ、江戸は遥かに寒い。そちたちも年寄りをもっと大切に扱ってもらわねば困る」

目の前に平伏する二人に向かって、一年で一番寒い季節に呼び出された不満を家康はまず言った。

「恐れ入ります」

二人はさらに頭を下げた。

「なにやら秀忠について相談があるとのことで江戸に参ったが、佐渡に大炊と二人も揃って参るとは、さても天下を揺るがす一大事でも起こったか」

家康の表情は、言っているほど深刻ではない。それより、なにやら意味ありげに含み笑いしている。

「佐渡」とは、本多正信のことである。かつては家康の謀臣として傍に仕えていたが、江戸幕府を開き、秀忠が二代将軍になってからは、家康の命令で秀忠の傍についている。

もう一人、「大炊」とは、土井利勝である。幕府の行政をつかさどる老中の一角である。

「それが、本来なら上様より申し上げることでござるが、事が事だけに、私どもから大御所様にご相談したがよろしいかと……」

話が常に簡潔で、無駄口の少ない本多正信には珍しく、歯切れが悪い。傍らの土井利勝も黙って下を向いたままである。

「どうも、歯にものが挟まったような、要領の得ぬ話。だから、秀忠がどうしたのじゃ。はっきりと申せ」

家康は気が短い。このとき家康は六十八歳になっている。年齢が短気に拍車をかけている。手に持った扇子で、ひざを小刻みにたたいた。

「御無礼をお許しくだされ。では、はっきり申し上げます。上様にお子が出来ましてございます」

「ほう、それはめでたいではないか。子どもは何人いてもよい。これで何人目になるかの」

「もちろん、上様にお子ができるのはめでたいことなのでござるが、しかし、そのお子というのが……」

正信の顔が一段と苦渋に満ちている。

それを見て、緩んでいた家康の顔が変わった。

「子どもが出来たのに、そちたちがそのような顔をしているということは…」

膝を叩いていた扇子の手が止まった。天井の一点を暫く見つめていたが、再び正信の方を向いた。

「秀忠の子は、江との子では無いということか？」

「御意」

正信は胸に溜まっていたものをようやく吐き出し、ほっとしたように息をついた。

「そうか。それはまずいな。そちたちが困惑するのも無理はないか」

徳川家康には正室とは別に六人の側室がいた。それは、徳川家の子孫を絶やさぬためで、後継者となる男子を少しでも多く生んでおく必要があったからだ。また、女子でも、政略的に〝活用〟するためには必要であった。家康には男女合わせて十六人の子どもがいた。

ただ、二代将軍を引き継いだ秀忠には、側室が一人もいなかった。正室であるお江の方が、秀忠に側室を持つことを許さなかったからである。秀忠は、嫉妬深い、この七歳上のお江の方に〝頭が上がらなかった〟。そのことは城内のものは誰でも知っていた。もちろん、家康もである。

「秀忠もやるものよ。あのお江の目を盗んで他の女に子をもうけるとは、やはり、男。わしの子だけのことはある」

と言って苦笑した。

「とは言え、このまま事は無事に済みますまい。あのお江様のこと、この事必ずやお耳に入りましょう。となれば、先年のように、いや、それ以上の騒動になるのは必至」

今から三年前、秀忠は城内のある侍女に〝手を出した〟。一度きりのことだったが、それを知ったお江は、彼女を城内から追放するだけでなく、秀忠に対して寝所に入ることを拒否し、かつ三か月に及び秀忠と一切口をきかなかった。更に、秀忠の周りに乳母の大姥局《おおうばのつぼね》以外、女という女はすべて遠ざけたのである。

さすがに、これでは将軍の日常生活もままならぬとあって、重臣たちの説得によって一か月後には元に戻ったのだが、江の嫉妬心の強さは幕府の執務にまで影響を与えていた。

「お江のやきもちの強いのも困ったものよ。して、その女、どこの何と言う？」

「上様の乳母、大姥局様の侍女で志津とか、申すもので」

「なに、大姥の侍女？　なるほど、それはお江にとって盲点であったのう。秀忠も抜け目のないことよ」

家康がこの話をどれだけ真剣に考えているのか、正信、利勝ともに不安になった。

二人の心の中を見透かしたように、

「して、そちたちがわしに相談とは、わしに何をしろというのじゃ。まさかお江を説得せよというのではあるまいな？」

「いえ、そのような」

「そうであろう。わしはお江が大の苦手じゃ。あの顔で攻められるなら、戦場で猛将と戦う方がまだましというもの。

で、秀忠はそちたちに何と言っておる？」

「出来れば、子を産んでほしいと。されど、お江さまに知られて、志津殿がひどい仕打ちを受けるのは何としても避けたいと申されております」

今まで傍に居て黙っていた土井利勝が初めて答えた。

「秀忠は、その、志津とか申す者を〝愛しい〟と思うておるのだな。その女、きっと心根の優しい、美しい女子であろう」

「はい、よくお見通しで。恐れ入ります」

「会わずともわかるわ。あの正室を持てば、誰でもそういう女に心が惹かれるものよ」

それには二人ともなんと応じてよいのか分からなかった。まさか「御意」とは言えない。

「ところで、この話、存じておるのは誰と誰じゃ」

「御本人同士を除けば、上様から打ち明けられました私ども二人に、大姥局様だけにござります」

「分かった。そちたちはもう下がってよい。代わりに大姥局をすぐここへよこせ。そちたちには追ってわしの考えを伝えよう。それまでは、この話一切の他言は無用ぞ。よいな」

最後は、厳しい声で二人にくぎを刺した。


それから小半時経って、家康の前に大姥局が呼び出された。

「お久しゅうございます。大御所様には相変わらず、ご機嫌麗しゅう。お喜び申し上げます」

平伏したままじっとしている。

「機嫌が良いわけはなかろう。それもそなたのせいだが」

嫌味を言った。身内のもの、親しいものたちへの一種の〝愛情表現〟である。

「誠に恐れ入ります」

「話は佐渡と大炊から聞いた。そちが悪いわけではない。

秀忠の乳母として、わしはそなたに心から感謝しておる。秀忠が将軍になるのに反対したものが多かったが、あのように立派に将軍職を務めるようになったのは、そなたの育て方によるものとわしは思っておる」

この後の厳しい命令を告げる前に、まず、この老婆の気持ちを解しておかなければならない。心憎い気遣いである。

「もったいないお言葉。この大姥、いつ果てても悔いはございませぬ」

そう言うと、目頭を押さえた。九十歳に届こうかというこの老婆、自然と泪もろい。

大姥局の夫は川村重忠といって、最初は今川家に仕え、人質時代の徳川家康（当時は竹千代）の世話役であったが、今川氏衰亡の後、北条家に仕えた。その後、穴山梅雪の家臣となった。

重忠の死後しばらく彼女は駿河の国で暮らしているところを、生母を幼くして亡くした秀忠の乳母として家康に召し出されたのだ。もう、三十年近くなる。

家康が声を改めて告げた。

「用件だけを言う。そなたの侍女、志津とかいう娘のお腹に宿る子ども、流せ」

目頭を押さえていた大姥局が、驚いたように顔を上げると、家康の顔を訝《いぶか》しげに見つめた。

「今、なんとおっしゃられました?!」

「理由は言わぬ。いや、そなたも分かっていよう。聞くな。この方法が一番よいと、わしが判断したのだ。よいな」

これ以上この乳母と話をすれば、彼女はこの場で本当に泣き崩れてしまうだろう。

自分より年寄りに泣かれるのはごめんだ。話は終わったとばかりに、家康は席を立とうと片膝を立てた。

「お待ちくだされ。大御所様。お言葉ではござりまするが、流すとなれば二度目になります。これは姥として、何とも忍びがたきことにござります。それでも流せとおっしゃいますか」

必死にすがる眼であった。

「なに？　二度目?!」

腰を上げて立ち上がろうとした家康の身体が固まった。姥の顔を見据えた。

――初めて、ではないのか？　そのようには佐渡たちからは聞いていないぞ。

「二度目」の意味を家康は考えた。秀忠の一時の出来心ではないということだ。困ったことだが、二人はそれだけ深い思いで結ばれているということだ。

家康には、苦い思い出がある。まだ今川家の人質生活を送っていた青年時代だ。今川家のある家臣の娘と相思相愛となり、子どもまで出来た。だが、人質の身では勝手に室を迎えることもできない。その後今川義元の姪である女を迎え、娘とは別れた。その後の彼女の消息は分からない。もちろん子どもの行く末も知らない。家康にとって「遠い思い出」である。

もう一つ。志津という娘の腹に宿った子どものことである。

「一度ならず二度までも」宿った「命」とは。

何か大きな、人間の手の及ばぬ、大きな力、「使命」を持ってこの世に生まれてくる子どもなのかもしれない。

そのような「運命《さだめ》」を持った子を、流してよいものか。

家康は、もともと「運命」とか「使命」を信ずる人間ではなかった。彼は目の前の難題を確実に一つひとつ解決していく「現実主義者」である。「神仏」を畏敬することはあっても、神仏を「恃む」ことはない。

だが、このとき、「一度ならず二度まで」という事実に、何か人知の及ばぬ力の存在を感じていた。

「志津の両親も、今回だけは、何としても、自分たちの命を捨ててでも、娘に子どもを産ませてやりたいと、私のところに涙を流しながら必死で訴えております。一度ならず二度までも宿ったこの子は決して流したくない、と。どうか大御所様、お許しください」

今にも家康の袖をつかまんばかりに、詰め寄った。

「二度目とは知らなんだ。そうとなれば、話は別じゃ。そこまでの命なら、何とか産ませてやりたいのう。

ただ、将軍の子として育てるわけにはいかぬぞ。しかも、徳川家とは縁無き子として育てることは承知していような」

「分かっております。それは志津も、両親も、子どもが出来たときから覚悟の上でございます。彼らの願いはただ一つ、娘に子どもを産ませてやりたい、ただこれだけにございます」

大姥の顔が少しだけ穏やかになった。

「そなたも分かっていようが、あの嫉妬深いお江がいるこの城内で子を育てるわけにもいくまい。どこか信頼できる家臣に預けることになるが、さて、誰かふさわしいものがいようか……」

家康が左手の爪を噛んだ。考え事をするときの家康の癖だ。

――いくら徳川と縁無きものといっても、秀忠の子だ。見も知らぬ者に預けるわけにもいかぬ。もし、お江が知って争いごとになったら、やっかいだ。

といって、名のある大名に預けるわけにもいかぬ。もし、これから後の世に、「将軍の御落胤」を盾に、幕府騒動の火種になることは絶対に避けなければならない。

なんともむずかしい……。

家康には珍しく、名案が浮かばない。

「大姥、そなた、誰か良き預け先を知らぬか？」

仕方なく、投げた。

その問いかけを待っていたかのように、大姥がすかさず答えた。

「見性院様のところはいかがでしょうか」

「見性院？　はて」

「亡くなられた穴山梅雪殿の奥方でございます」

家康の顔が明るくなった。

「おう、思い出したぞ。あの女傑か。なるほど、彼女なら安心、安心。姥殿、良きところに目を付けられた。

そう言えば、そなたの夫は、かつては穴山家の家臣であったのう。見性院殿をよく存じておるというわけか」

家康は満足そうに何度も小さくうなずいた。

穴山梅雪はかつて武田信玄の長女が嫁ぎ、親類衆の中でも筆頭役を務めていたが、信玄亡き後、後継者の勝頼と意見が合わず、誘いに応じて徳川方に従った猛将である。

その後、明智光秀の本能寺の変の際、堺に居た家康は命からがら三河に逃げのびたが、同行していた穴山梅雪は別行動をとり、山城の山中で野盗に殺された。

家康は、残った穴山一族を厚遇し、信玄の娘であり、梅雪の妻で出家した見性院を城内の田安門近くに屋敷を与え住まわせていたのだ。

——見性院殿は、なかなか腹の据わった、豪胆な女傑よ。さすが信玄公のお娘御。女にしておくのがもったいないくらいだ。彼女なら、お江といえども相手になるまい。それに、彼女には野心もあるまいて。

家康の家臣には多くの武田遺臣がいた。家康は過去に武田信玄率いる武田軍団にことごとく戦で敗れている。特に、元亀三年（１５７２）の三方が原の戦いでは、西上する武田軍に完膚なきまでに追い払われ、命からがら逃げかえったことがあり、武田軍団の恐ろしさを身を持って感じている。

それだけに、信玄亡き後の甲州攻めにあたっては多くの武田武将を味方に引き入れている。

敵といえども、有能なものは味方に引き入れて自分の治世に活用する、家康一流の〝人材活用術〟である。穴山梅雪もその一人だ。

「では、さっそく佐渡と大炊に命じよう」

いったん決めるとすぐに行動に移す。これも家康の性格だ。

家康の命を受けた、本多正信、土井利勝の二人は、秀忠に了解を得ると、その足で、見性院の住む田安門内の比丘尼屋敷を訪れた。

玄関まで出迎えた見性院は、

「まあまあ、幕府の御重臣お二人がわざわざお出向きいただくとは、はてどのような趣でございましょう。この老いた女に恐いお話ではないでしょうな」

幕閣の重鎮が二人も訪ねてきたにも関わらず、かしこまった風はなく、顔に笑みさえ浮かべながら迎えた見性院は、この年六十七歳であった。

背は小柄で、骨太の小太りながら動作は敏捷で、肌の色つやもよく、とても六十七歳には見えない。剃髪した顔には黒い大きな瞳と、眉間の皺が、意思の強さを物語る。一方で頬から顎にかけてのふくよかな曲線は、おおらかさと豪胆さを思わせる。

「分かりました。お引き受けいたしましょう」

二人からの依頼話を聞いた見性院の答えは、それだけだった。

予想外の答えに二人は顔を見合わせた。断られると思っていたのだ。

この話、どう見ても、割の合わない話である。引き受けた方はなんの得にもならない。それどころか、面倒なことに巻き込まれる可能性の方が大きいのだ。実は、秀忠とも、断られた時の対応についてあらかじめ協議していた。それがこうも「簡単に」了解されて、安堵するとともに、拍子抜けしたことも事実である。

相変わらず穏やかな笑みを崩さず、複雑な表情を見せる二人の顔を交互に見ながら、見性院が少しだけ声を落として言った。

「私がその親子を責任もってお預かりいたしましょう。ただ、私も御覧のような老婆にて、一人で世話をすることはできません。身の回りの世話をするものが必要です。ついては、心当たりがございますれば、その者と話し合ってからの、正式なお返事とさせていただけませぬか」

二人に無論、異論はない。

これで決まった。

「御用件はこれだけですか？　ならば私はこれにて」

と見性院は先に席を立とうとした。

驚いたのは二人。見性院の余りにあっさりした態度に戸惑ったのだ。

だが、彼らにとっても、肝心の返事がもらえれば、「長居は無用」ではある。お互いに目を合わせてうなずくと、屋敷を辞した。


二人は田安門から本丸に戻る汐見坂を上っていた。

正信が坂の途中で止まると、つぶやいた。

「大御所様の言ったとおりだ。見性院という方は誠に豪胆なお方。これほど重要なことも、あっさりとした対応をなさる。よほど腹が据わっておるのだろう。女にしておくのはもったいないお方よな」

「そう言えば、大御所様に、見性院殿が断ったらいかがいたしましょうと申し上げたとき、『それはない。必ず受けるから心配するな。彼女はそういう女子じゃ』と申された。大御所様は見抜いておられたのでしょうな」
土井利勝の言葉に、正信は何度も小さくうなずくと急な坂を再び上りだした。

紫簾

それから三月ほど経った、四月の中頃。

庭の藤棚が鮮やかな紫の花すだれに埋まった八王子の心源院に、見性院が妹の信松院を訪ねてきた。

「姉上様。お久しぶりにございます。お元気なご様子。何よりもうれしく存じます」

八王子に住んだ当初、姉の見性院としばらく一緒に過ごした時もあったが、三年前に姉は江戸城内に移り住んでいた。事前に来訪の手紙をもらっていた信松院だが、数年ぶりに姉に会えると思うと胸が高まり、数日前から夜も眠れぬ日々を過ごしていた。

「そなたも達者なご様子。相変わらずその美しさは変わらぬのう。わが妹ながらほれぼれする」

見性院は身びいき抜きで妹の信松院を美しいと思う。やや面長な顔の中の切れ長の眉と目は清楚な優しさを見せ、小さな鼻と口は愛らしさを物語る。華奢な体と色白の肌は気品さえ漂わせている。とても、五十一歳とは思えぬ、若々しさである。

尼になる前には、近隣のあまたの男から、〝わが妻に〟と求められたが、すべて断ったと聞いている。むべなるかな、と見性院は思う。

同時に妹の美しさの底に深い悲しみが潜んでいることも知っている。

寺の奥の、庭に面した座敷に通された。南向きの部屋からは廊下越しに庭の藤棚が良く見えた。その奥には、山躑躅であろう、小粒な赤い花が小山いっぱいに咲いている。江戸では見かけない花だ。ここに来るのに二日かかった。江戸府外だけに、やはり八王子は遠い。

暫く互いに近況を話しあっていたが、それを打ち切るように見性院が切り出した。

「実は今回そなたを訪ねたはほかでもない。そなたに頼みがあって参った。将軍家の子を預かってはくれぬか」

見性院の言いようはいつもこうだ。結論しか言わない。子どものころから姉の性格を知っている信松院だが、それでも余りの唐突な言い方と内容に驚き、慌てた。

「何とおっしゃいました。将軍様のお子と?……。一体何があったのでございますか」

「詳しい訳はあとで話す。そなた一人でとは言わぬ。この私も一緒にだ。私と一緒にその子を育ててはくれぬか」

信松院は戸惑った。というより困惑した。自分はひとり身である。もちろん子どももいない。そんな自分に見ず知らずの子どもなど育てられない。まして、将軍様のお子などなおさらだ。

「そなたの気持ちはわかる。子のいない自分に、知らぬ子など育てられぬというのであろう。だがな、そなたはこの寺で界隈の子どもたちを集めて寺子屋を開き、読み書きを教えているというではないか」

「それは生活の糧を得るためでございます」

「いや、それだけではあるまい。そなたには子どもを育てるのに一番大切な〝優しい心根〟があるということじゃ。でなければ、長くは続くまい。それに貞姫様、督姫様、香具姫殿、皆、女手一人で立派に育て上げられたではないか」

——姉様は、私のことをすべて御存じなのか。

信松院は相変らぬ姉の情報力に驚かされた。

勝頼の娘、貞姫、小山田信茂の娘、香具姫はともにすでに嫁いでいる。兄、仁科盛信の娘、督姫は幼い時からの病弱が続き、二年前、二十九歳の若さで亡くなっている。

「さりとて、将軍様のお子など、とても」

と言って言葉を切った信松院は、見性院の目を避けるように、静かに目を伏せてひとり言のように話しはじめた。

「姉上様、わたくしは見ての通り出家の身。世のかかわりは一切捨てましてございます。この八王子の弧庵で静かに暮しとうございます」

もう、人とのかかわりは二度と持ちたくない。まして、将軍の子など、政にかかわるなどもってのほかだ。世情の一切から身を引く。だから出家したのだ。

あとは、日々平穏に過ごし、仏に仕えて残りの生涯を武田家の供養で終えたい。それが自分の切なる願いだ。

目を庭の藤棚に向けた。たわわに咲き誇った藤の簾が揺れている。少し風が出てきたようだ。

毎年この季節になると、庭には躑躅、牡丹、皐、色とりどりの花が競うように咲き始める。自分の人生は自然の美しさを眺めて暮らす日々でありたいと思っている。

「そなたの気持ちもわかる。ただ、その子の事情を聞けば、分かってくれよう」

というと、見性院は、事情を詳しく話した。

「一度は無理やり流させたが、再び母の胎内に宿った子というではないか。この世に生まれてこなければならぬ命ということじゃ。この子は大きな運命を、いや使命を帯びて生まれてくる。将軍の子として育てられなくとも、いつか徳川家を支える、泰平の世を支える人物になる気がする。その子を育てることは、我らを助けてくれた家康公への恩返しでもあるのじゃ」

「家康公」という言葉に、信松院の心が動いた。

信松院がこの八王子に住み着いて十年が過ぎた文禄元年（1592）のころ、関東移封となった徳川家康は、八王子に住む信松院の存在を知った。

彼女が武田家滅亡後貞節を守り尼僧になり、貧しさの中でつつましやかな生活を送っていることを聞いた家康は「これぞ夫人の鏡」と感激し、毎月金品を送りとどけるようになった。

更に、江戸に幕府を開いてからは、武田家の遺臣、大久保長安を八王子の代官に任じ、信松院を経済的にも、精神的にも支えるよう命じていた。

そのことは、暫くたって、長安から聞いて初めて知ったのだった。

「この話、もとは家康公から出た話。何としても子を生み、育てよと。これ以上は言わぬ。受けた恩に報いることこそ人の道であり、武田家の誇りぞ」

最後は、胸をそらすように見性院は言った。

「それに……」

と言ってから、今度は信松院の顔をのぞきこむように体をかがむと、

「考えてみれば、徳川殿に滅ぼされたわが武田家が今度は徳川家を救うのじゃ。何と痛快なことではないか。のう、松」

と言うと、朗らかに笑った。

——なんということを、姉上様は言うのか。

信松院は、あきれた。

「仇を恩で返す」——

こんなことを考えるのは姉上様だけだろう。そう思うと、姉上様が一段と頼もしく思え、自然と気持ちも軽くなり、思わずほほ笑んだ。

「さりとて、お子が生まれていつまでお預かりするのでしょうか？」

「さてよのう、いつまで預かるものやら。先のことなど分からぬわ」

見性院は顔を庭に向けると、遠くの山躑躅を見つめながら気もなさそうに答えた。

「なんなら、その子、我が武田家で引き取ってもよいが、そなたどうじゃ、引き受けてはくれぬか」

「それはとても……」

信松院は困ったような顔をした。

「戯れ、戯れじゃよ。そこまでそなたに頼むつもりはない」

——徳川の子を武田の子として育てる、案外、姉上様は本気で考えているのかもしれない。

そう思った。

改めて、見性院の顔をまじまじと見つめてしまった。

「志津殿の出産近し。わが比丘尼屋敷まで、至急参られたし」の報が見性院から届いたのは、それから十日ほど経った五月の始めだった。

信松院は、取り急ぎ身の回りの衣類だけをまとめると急いで江戸に向かった。江戸ではすでに出産の準備ができていた。

志津は、本人や両親の「どうしても実家で産みたい」という希望で、江戸、花川戸の姉婿の家に身を寄せていた。信松院が付き添いにあたる中、五月七日の早暁、志津は無事男子を出産した。

直ちに、知らせは見性院に届き、そのまま老中、土井利勝へ。彼から二代将軍秀忠に伝えられた。

「男の子か！」

秀忠の喜びはいかばかりであったろう。男の子の名前をその場で「幸松」と名付け、葵の紋の付いた衣服を利勝に手渡した。その上で「見性院殿にはお礼の申し上げようもない。穏便に育ててほしい」とねぎらったという。

徳川の子としては育てられぬ。今後、将軍家には係わりは持てぬこの子を、せめて穏やかな一生を過ごしてほしいと思う秀忠の願いが込められている。

わが身の傍に置けぬわが子、そして決して顔を見ることも叶わぬいとしいわが子に精いっぱいの愛情表現だったのだろう。

確かに、秀忠はそれから二十一年後に亡くなるまで、ついに幸松（のちの保科正之）とは一度も会うことはなかったという。

幸松は暫くは志津と共に兄婿の家で過ごしていた。だが、早くもお江の方が詮索しているとのうわさが流れた。

慌て、恐れたのは、志津と両親である。もしお江様に見つかればただでは済むまい。母親がひどい仕打ちを受けるだけではない。子まで奪われ、殺されないとも限らない。いや、あのお江様ならやりかねない。そう思うと両親も志津も身も凍る思いであった。

「何としてもこの子は守らねば」

母子を見かねた信松院が助け船を出した。

「比丘尼屋敷に参りましょう。姉上様ならきっと守ってくださりましょう」

両親も志津も異論はない。とにかく少しでも安全な場所へと、その日のうちに夜を突いて比丘尼屋敷に取るものもとりあえず、逃げ込んだ。

お江の使いと名乗るものが、比丘尼屋敷にやってきたのはその二日後。

「こちらにおられるお志津殿のやや子を、今すぐお渡し願いたい」

有無をも言わさぬ命令口調である。

「知らぬ存ぜぬなどとは言わせぬ。こちらに志津殿親子がいることは当方の調べで明らかである。将軍様の奥方の命令である。隠しだてすると、ただでは済まぬぞ」

玄関に立ったまま中年の武士は、逆らえば今にも刀を抜かんばかりの勢いである。

その気勢に押されたことや、すべてはお見通しと言わんばかりの態度に、迎えた女子はこれ以上は匿えぬと、諦めかけたその時だ。

「確かに、志津殿親子は、当屋敷におりますが……」

と、襖をあけて、見性院が玄関先に現れた。

「おう、それならすぐにこちらにお引き渡し願おう」

「志津殿親子は我が家におることは確かながら、お子はお渡し出来ませぬ」

「何故じゃ。お江様のご命令に背くと言うか」

武士が刀に手をかけた。

しかし、見性院は全く動じない。

「志津殿の子はこの見性院が養子としてもらい受け申した。いわば我らが武田の子。何故、その子を渡せと申されるか。いくらお江様でも、わが武田の子を奪ういわれはないはず」

驚いたのは、武士だ。志津親子は市井の娘であり、匿っているからこそ引き渡せと言えるのだが、見性院殿の子どもとあっては、いくら徳川の名を語っても無理である。

「その話、誠でござるな。嘘偽りと分かったら、ただでは済みませぬぞ」

そう捨て台詞を言うしかない。すごすごと引き下がっていった。

襖の陰で、恐る恐るやりとりを聞いていた信松院も「幸松殿を養子に」という言葉に驚いた。最初は、その場逃れの方便と思ったが、すぐに八王子での姉の言葉を思い出した。

――「子どもを武田家で引き取る」

あのときから姉上様はいざという時の覚悟を決めていたのだ。何と言う、腹の据わったお方なのか。

改めて姉の心の大きさに、感激した。

その日以来、先日の武士を始め、お江の使いのものは一切現れなかった。お江といえども、真偽はともかく、武田家の養子になった子どもまで奪うことは出来なかったのだろう。

江戸に初夏が訪れた七月始め、お志津親子は信松院に導かれ、数名の武士と下僕、侍女などを連れて、見性院の采地（管理地）である武蔵野国大牧村に移った。その地で、田畑を耕しながら、信松院は親子の面倒を見ることになった。

幸松は母と信松院の二人の優しい愛に包まれて健やかに育っていった。

未来を見つめる力

慶長二十年（1615）六月中ごろのこと。

大牧村から信松院が久しぶりに、城内の比丘尼屋敷にやってきた。

その日は朝から梅雨特有の小雨が降っていた。

幸松親子の近況を三か月ごとに報告するようになって、五年が過ぎていた。

「本日は幸松君の今後の身についてご相談に伺いました」

畑仕事をしているとも思えぬ色白の肌と楚々としたたたずまいの信松院は、いつもの穏やかな顔と違って、なにやら真剣な面差しでつぶやいた。

「姉上様は、幸松君《ぎみ》をいつまでこのままでおられるとお考えなのでしょうか。

御元気にお育ちで、周りのものも頼もしく御守りしてまいりましたが、幸松君もすでに五歳。将来を考えると、このまま我らのおそばに置いておくわけにも参りますまい」

幸松は、二人の間で健やかに育っていた。心根の優しい子であったが、ときどき、それが逆に、気の弱さ、意気地の無さを思わせるときがあった。男としての気の強さ、頑固さに欠けるきらいがあると、信松院は感じていた。

やはり女子だけの間で育った幼児《おさなご》では当然のことかもしれないが、幸松君の将来を思うと、やはり、不安になる。

「私も同じ考えを持っていたところじゃ。いつまでも我らの手でお育てするわけにもいくまい。女の手では男子の教育にも限りがあるというもの。それに、老い先短い我らでは、残された幸松君が哀れである。

松殿、誰か良き方に心当たりがあるのであろう。言うて見よ」

いつもながら姉は私の心などとうにお見通し、と感心する。

「姉上様、保科様はいかがでしょう」

「保科？　あの高遠藩主、保科正光殿のことかえ？」

「はい」

姉上の情報力は相変わらず凄い、と思う。

「ほう」

と、見性院は言った後、少しだけ考えていた。

「正光殿は、あの五郎盛信の片腕であった正直殿の嫡子。武田家滅亡後は、徳川殿に見出され、数年前に自ら願い出て高遠城の藩主に治まったと聞いているが、父親譲りの豪放磊落なお方とか」

「左様にございます。武田の子として育てるには、ふさわしいお方かと」

納得顔で聞いていた見性院が、含み笑いしながら信松院の顔を覗き込んで言った。

「そちが理由に挙げたはそれだけか？」

「は？」

「高遠城と言えばかつては我が弟、五郎盛信殿の城、しかも正直は、盛信の腹心。そなた、五郎殿が忘れられないのであろう」

「それは……」

下を向いた信松院の顔が少しだけ赤くなった。

「よいよい。そなたは盛信殿を慕っておったからのう。いや、そなただけではないぞ。姉の私も盛信殿のことは頼もしく思うておりました。

五郎殿は、猛将ながら知略に富み、人の気持ちの機微に通じ、思いやりのある、まさに父上、信玄公に生き写し。いまさら言うてもせん無きことながら、もし、五郎殿が御屋形様の後をついでいたら、武田も……」

「姉上様」

「分かっておる。愚痴じゃ。歳をとると、昔が懐かしく、愚痴っぽくなるものよ。許せ」

「では、正光殿のところに幸松君をお預けすることにご承知いただけますか」

「もちろんじゃが、されど私の一存では決められぬ。さるお方と相談してからじゃ。それまでは、二人だけの話としよう」

見性院の頭には、土井利勝の顔が浮かんでいた。

土井利勝は部下を通じて定期的に幸松の近況を尋ねて来ていた。また、見性院も時折土井利勝に手紙を書いた。それに何度か土井利勝が見性院の屋敷に訪ねてきたこともある。「季節の御挨拶」といいながら幸松の育ちぶりを聞いてくる。

見性院にすれば、それは自分たちの育て方を試されているような気もするが、利勝の柔和な語りや物腰に、ついつい気を許してしまう。幕府の中で、最も信頼できる人物と思っている。

——大炊殿なら、必ずやご承知いただけるであろう。

実際、後に見性院から話しを聞いた土井利勝は、すぐに将軍秀忠に報告、秀忠は「武田遺臣の方に育てられるのであれば安心じゃ」と満足げに言ったが、その後、「それにしても、会いたいのう」とつぶやいたと言う。

利勝は、秀忠の親心に心が動かされそうになるのをじっと堪えていた。

「ところで、そこもとはなぜそれほどまでに幸松君の面倒を見られるのか」

「いえ、私はただ、幸松君が不憫でならぬと」

「それだけではあるまい。そなた自身にかかわることがあるのではないか」

「私自身に？　はて」

「言いたくないのであれば、無理にとは言わぬ。

唯、そなたの顔を見ていると、今までとは見違えるほどの輝きを感じるのじゃが、何か理由《いわれ》でもあるのかと思ったまでのこと」

そう言いながら、見性院はじっと、信松院の顔を見詰めた。

信松院はうろたえた。姉上様は私の心の中までお見通しなのでは、と思った。今回のきっかけを作ってくれたのは姉上様のおかげなのだ。姉上様なら、自分の心の中を話しても、きっと分かってもらえるのではと思った。

全てをお話ししようと思った。

「何もかもお見通しの姉上様だから申し上げるのですが、……」

そう言うと、ひとり言のように話しはじめた。

「私は今まで愛する人を何人も失ってまいりました。最も敬愛していた兄上、五郎様は高遠城で討死に。私はあのとき、五郎様と共に死ぬ覚悟でした。でも、兄上様は私を逃がし〝生きよ〟とおっしゃいました。

そして織田信忠様。一度は破談となった信忠様からお迎えがあったとき、仇敵ながら私は正直うれしかった。周りの人から何を言われようと、武田家を捨ててでも、信忠様の下に参ろうと決心したのです。でも、その時、信忠様は本能寺の変で自害された。

そして、敬愛していた卜部和尚様。秀吉の北条攻めで和尚様は八王子から去って行きました」

そこまで言うと、何かをぐっとこらえるように、唇をかんだ。

「私の愛する人は皆私から去って行きました。私が愛する人は皆不幸になるのです。だから、もう私は人を愛してはいけないと心に固く誓ったのです。

あの八王子のあばら家で、一生独りで静かに生きていこうと決めたのです。出家したのもそのためです」

言い終わると、心を鎮めるように、信松院は眼を庭の方に向けた。

庭には紫陽花が小雨にぬれて色鮮やかに咲いている。

そぼ降る雨が全ての音を消し去るように、屋敷全体が静寂に包まれていた。

その静寂の中で見性院がつぶやいた。

「つらい思いをしてきたのですね」

そう言うと、手を伸ばして、そっと信松院の冷たい手を握って言った。

「されどそなた。そなたは自分が愛したことを後悔しているのかえ？」

信松院を見つめる見性院の目が一段とやさしくなった。

「いえ、それは……」

「そうではあるまい。生きるとは人を愛すること。人を愛したそなたは十分生きたのです。愛することなしに人は生きてはいけませぬ。

そして今、そなたは新しい命を愛そうとしている。そなたの顔が輝いてきたのはその証であろう」

やはり姉様は私の心をお見通しなのだ。正直な気持ちを打ち明けよう。

「姉上様から幸松君のお話を受けたとき、最初はあまり乗り気ではありませんでした。何より人と関わりは持ちたくなかったのです。

でも、新しい命の誕生を見て、何ともいえぬ感動と、喜び、言葉に言いつくせない何かを感じたのです。やや子を見ていると、不思議な力を感じたのです。

私は今まで大事な人を失ってきました。でも、今、目の前にある新しい命の誕生は私の心を大きく揺さぶったのです」

そこまで言って、信松院は自分に言い聞かせるように語り始めた。

「新しい命には未来を見つめる力がある。私もこの新しい命の力を借りて生きる喜びを取り戻せるのではないか、そう思うようになりました。

未来を見つめてみようと、もう一度自分を生き直してみようと。幸松君は私に生きる喜びと勇気を与えてくれたのです」

見性院はじっと黙ったまま、慈愛を込めた眼差しで聞いていた。

そのとき、信松院の心にある思いがよぎった。

――もしかして、姉上様は私のすべてを始めから御存じの上で、あのとき、私に声を掛けられたのではないか。私に生きる勇気を与えてくれたのだ。なんという姉上なのか。

「姉上様！」

堪らず見性院にすがりついた。

見性院はただ優しく抱きよせ、微笑み返すだけだった。


幸松の育て先が決まったことでほっとしたのか、信松院は急に病の床に就いた。

枕元に、幸松を呼んだ。

「幸松殿。そろそろお別れにございます。幸松殿は、信州の保科家に参られる」

「叔母上様、何を言う。これからもこの幸松を見守ってほしい」

「私がお教えすることはもうなくなりました。これからは高遠の保科様にお世話になるのです」

信松院は自分の命が終わりに近づいていること、自分の使命が終わったことを知っていた。

最後にどうしても幸松に伝えておきたいことがある。

「のう幸松殿、あなたが生まれてくるには、多くの方々の思いが込められているのですよ。静さま、将軍秀忠様の御両親はもとより、お祖父さまの家康公、家臣の本多正信殿、土井利勝殿、大伯父様、……。

多くの人の「どうしてもあなたをこの世に送り出したい」という願いがあなたを生んだのです。どんなつらい時でも、あなたを見守っている多くの人がいることを、その方々の支えがあることを忘れてはなりません。

あなたは一人ではありません。

あなたは、自分の幸せを願ってはなりませぬ。人の幸せを考えることこそ、あなたの生まれてきた使命なのです。これを忘れてはなりませぬ。この叔母の遺言とおぼしめせ」

「叔母上！」

それから三日後、信松院は眠るように静かに息を引き取った。愛する盛信、信忠のもとへと今度こそ旅立ったのである。享年六十五。

心源院の庭の椿が柔らかな日差しを浴びて紅く輝く、穏やかな昼下がりであった。

幸松一行が信州高遠に出発する前夜、見性院は、迎えに来た保科正光を部屋に呼んだ。

「幸松君を武田の子として立派な人間に育ててもらいたい。ただし、もし、徳川家から幸松君を戻してほしいと言ってきたら、その時は、どんなことがあっても、必ず、すぐにお返しするように。よいな。忘れるでないぞ」

日頃の柔和な表情はそこにはない。

「そのときに、『あの武田に育った子どもは意気地がない。やはり落ちぶれた武田に預けたは間違いだった』などと徳川家に誇られてはならぬぞ。

我が武田家は、源氏直系の流れを汲むもの。武士の誇りを失のうてはならぬ」

「畏まって候。必ずや、この直光、幸松君を、世間に恥じぬ、立派な武者にお育て申す」

面を上げた正光もまた、覚悟の目である。

「戦の時代はもう終わりじゃ。なにも立派な武者でなくともよい。人の道を教えよ。人の心が分かる人間に育ててほしい。

幸松君はやがて人の上に立つ者となろう。特に弱きものの心を理解できる人間にな。それが人の上に立つ者の心得じゃ」

それは父、武田信玄の教えでもあった。

「そなたに幸松君をお預け申すことを勧めたは、妹、信松院じゃ。そなたの父正直殿は、我が弟、五郎盛信と共に高遠城で討ち死にした立派な武士であった。盛信は武田家一族の誇りを最後まで守って死んだのじゃ。

何故、そなたに頼んだか、分かるの。わが武田一族の思い、そなたに託しましたぞ」

最後は、心を振り絞るような叫びにも似た言葉であった。

「正光、一身に代えましても」

畳に額をこすりつけ、正光もまた、腹から絞り出すような声で応えた。

寛永二年（1617）、幸松一行は朝霧の中、江戸城内田安門を出て、信州、伊那の高遠城に向かった。幸松、七歳の春であった。徳川二代将軍の子として生まれた幸松は、武田家遺臣の手によって育てられることになった。

そして、三十余年後、徳川幕府初期最大の危機を救う男として表舞台に登場することになる。

第一部　完

第二部

秀忠の死

秀忠は幸松を信州高遠に養子に出すにあたって、養育料として五千石を与えた。高遠藩は二万五千石から三万石になった。

このとき、藩主正光は幸松を正式な養子ではなく、「預かる」形をとった。見性院の言葉「養育せよ。ただし、徳川から返してほしいと言ってきたら直ちに返せ」に従ったためだろう。

しかし、正光に子が無く、幸松の素直で誠実な人柄に次第に愛情が芽生え、わが子に等しい気持ちから家督を譲るために、養子にすることを決め、幕府に了解をとった。

ただし、徳川への遠慮から、十五歳の元服の際、名前は代々の保科家の「正」は付けず、「信濃様」と呼んだ。

養父正光は寛永八年（1631）死去、幸松が相続を許され、ようやく正之の名を名乗るようになった。正之二十一歳の時である。

その翌年、（1632）秀忠死去。二人はついに一度も親子として対面することはなかった。

死の直前、秀忠は老中土井利勝を病床の枕元に呼んだ。

小姓などの人払いをして、二人きりになると、秀忠がか細い声で言った。

「父大御所の遺志をついで、及ばずながら徳川政権の基礎を築き、私の出来る限りの事はやった。もはや思い残すことはない。

あるとすれば心残りがただ一つ。幸松のことじゃ。一目会いたかった。幸松は、今は保科殿の御恩で高遠藩の藩主になるなど立派な人間になったと聞く。きっと母に似て心優しき大人になったであろう。一目会ってわが父の我がままの侘びを言いたかった」

秀忠はまだ見ぬわが子幸松の成人した姿を思いながら、父子の対面もなく、徳川一族としての生活を過ごさなかったわが子の不憫さを心の中で詫びた。

「のう、大炊、そなたを呼んだは他でもない。そちに頼みがある。幸松の事、頼む。わしが死んだ後、幸松の行く末を見守ってほしい。

徳川に何かあるそのときは、必ず役に立つ男となろう。利勝、正之の事を頼むぞ」

布団の中からやせ細った手を伸ばすと、利勝の膝を弱々しく、必死に掴んだ。

「畏まって候。この利勝、殿に代わりまして、正之殿の将来、お守りいたします」

秀忠の死期の近いことを知る利勝の胸は秀忠の思いが痛いほど分かる。

「それを聞いて安心した。家光にも、いざという時は、正之を手元に置くように伝えておこう」

秀忠の顔がほのかに和らいだ。そして、利勝の顔をじっと見詰めて言った。

「わしが幕政を何とか執り行ってきたのも、利勝殿、兄上の助けがあったらこそ。家光にも兄上のような存在が必要なのじゃ」

秀忠は利勝の事を初めて「兄上」と呼んだ。

利勝が徳川家康の隠し子であり、秀忠の兄という噂は城内では知らぬ者は無い。家康は死ぬまで利勝の事は言わなかったから、幕府の中では公然と話す者はいない。秀忠も人前では利勝を家臣として扱った。

しかし、秀忠は六歳上の利勝をまさに兄のように慕い、事あるごとに相談し、藩政の多くは利勝との共同作業だった。利勝もそれに見事に応えた。

利勝自身も自ら「家康の子」と名乗ったことはない。事実がどうであれ、家康自身が利勝の事を一度も「わが息子」と言ったことがなかったからだ。

利勝は、為政者として、家康を最も尊敬していた。その尊敬する家康が、自分の事を息子であると言わない以上、周りのだれが何と言おうと、自分から名乗ることは出来なかった。

だが、家康は一度だけ、二人だけのとき、親子の名乗りを上げた。いや、それは「名乗り」というほどではなかった。家康臨終のとき利勝の耳元で「我が息子よ、弟秀忠を頼む」とだけ言って息を引き取ったのである。それが最初で最後の親子の対面だった。

その言葉だけで十分だった。「父の遺言」は、託孤《たっこ》の遺命として、命に代えても守らなければならない。弟、秀忠を支え、幕政の中心となって諸政策を実行していた利勝だが、今度はその秀忠から息子、家光の将来を託孤された。

秀忠には苦い思いがあった。次男、忠長の事である。跡目をめぐる兄弟争いから、家光は忠長を排斥した。徳川一族は同時におぞましい血で塗られた歴史でもある。秀忠は息子忠長が「愛おしい」かった。何故兄弟で争わねばならなかったのか。

家光は頭脳明晰で判断が的確で大将にふさわしい。しかし、反面情に薄いきらいがあり、部下から畏怖されるものの、心を許せる相談相手がいなかった。長老利勝を除けば、家光と老中を始め重臣との気持ちの間にかなり距離があった。

それに病弱で将来が心配。その時を考えれば正之の存在は大きい。

秀忠はそこまで考えていた。秀忠は兄の信康や秀康のように勇敢な武将ではなかったが、大名統治策の武家諸法度の制定など、行政手腕に秀でていた。

また、弟忠輝を行状不行き届きを理由に廃嫡する一方、同じ弟の頼宣を紀州和歌山に封じるなど、徳川一門の将来を見据えていた。それだけに、家光以降の徳川家の行く末を案じていたのである。

「そこでじゃが、そなたにはもう一つ頼みがある」

秀忠がせきこんだ。深い重い咳であった。

「上様、これ以上のお話はお身体に障ります。また、次の機会に伺いましょう。この大炊、上様がお呼びになればいつでも伺いましょう」

「いや、このときに話しておきたい。もう一つとは家光の後の将軍の事じゃ」

「家光様の後？　はて？」

利勝は驚いた。というより戸惑った。

三代将軍家光はこのとき二十九歳。まだ若く、血気盛んな年頃である。将軍になってまだ十年余り。家光死後の事を心配するのは、いくら心配症の秀忠にせよ早すぎる、と思う。

ただ、少しだけ気になることがある。家光は三代将軍になるとともに、京都の鷹司家から正室を迎い入れ十年経ったが、二人の間にはまだ子がいない。家光は側室もおらず、男色の気があると噂されていたほどである。

「このまま家光に子が出来なければ、徳川宗家の血は途絶え、徳川家にとって一大事となろう」

確かに、将軍に子がなければ、次の将軍は兄弟の中からとなるのだが、弟の忠長は前年、家臣殺傷などの不行跡で甲府へ蟄居されており、家光との確執から、後継者となりえない。

他に、家光には兄弟はいない。確かに、家光に子が出来なければ、徳川宗家は三代にして血筋は絶えることになる。それはとりもなおさず、徳川幕府そのものの危機となる。

「そこでじゃ。もし万が一、家光に男の子が生まれぬそのときは、我が弟、頼宣を後継者とせよ」

「紀伊大納言様を？」

「頼宣は我が弟ながら、まだ三十歳、家光とは二歳違い。彼には若くして治世の才あり。家臣からの信厚く、また、徳川宗家への忠誠が固い。将軍職を継ぐのにふさわしかろう」

頼宣は、徳川家康が江戸幕府を開いた慶長七年（１６０２）に生まれた。家康の第十番目の子で、幼少より家康の手元に置かれて育ち、十八歳のときに紀伊和歌山五十五万石の藩主に治まっている。

秀忠は自分の子のような歳の離れたこの弟の、自分には無い豪放磊落さ、周りの人間を巻き込む人望に一目も二目も置いていた。

「確かに、紀伊様は人望もあり、治世にもたけておられますが、大御所様の御心配は最もなれど、今このときに、家光様の後の事まで決めるのは、いかにも時期早尚かと」

まだ、家光に男子が生まれないと決まったわけではない。もし、今後家光に男の子が生まれたときに、秀忠の遺言が明らかになれば、再び後継者争いが起こるのは必至。徳川一族間の血で血を争うというおぞましい事態になる、と利勝は恐れた。

徳川家の安泰は、幕府の安泰、しいては日本国の安泰と考えている利勝は、秀忠の言葉に不安を募らせた。

「だから、この事は遺言には残さぬ。兄上の心の中にだけしまっておいてもらいたいのじゃ。そして、いざという時に、そちの口からわしの遺言として皆に伝えてもらいたい」

年齢から言って、利勝が今後も何年生きられるか分からない。それでも、己より年上の自分に後のちの事を託せざるを得ない秀忠の気持ちを思うと、利勝はもうそれ以上何も言えなくなった。

親が子を思う情の深さは将軍家でも変わらない。秀忠が、侍女お志津に生ませた幸松への気持ちも同様だろう。自分の手元に居ない分、秀忠の思いはより深いのだろうと、利勝は思った。

秀忠は思いの全てを話してほっとしたのか、その二日後、静かに息を引き取った。享年五十四。亡骸は、芝増上寺に葬られた。

秀忠の〝遺言〟は、日の目を見ることはなかった。秀忠の死後九年後の寛永二十八年（1641）、家光に待望の男子が生まれた。後の四代将軍「家綱」である。

家綱の誕生を見届けて、その三年後、土井利勝がこの世を去った。利勝の胸の中にあった「頼宣将軍」案は消えた。

だが、それから十数年後、突如亡霊のように現れ、幕府を揺るがす大騒動へと発展する。

松平定政

慶安四年（1651）七月十日。江戸城本丸御殿の御用部屋。

老中が集まる御用部屋は将軍との謁見に使われる「黒書院」の近くに設けられ、四十畳ほどの畳部屋を屏風のような太鼓張りの障子で二つに仕切り、上座を大老の、下座を老中のそれぞれ執務室としていた。

ただ、大老は常駐することは無く、月に一度程度の他は、重要な問題があったときに登城するので、大老部屋はほとんど使われることはなかった。

今日はその大老酒井讃岐守忠勝が老中からの急な呼び出しに登城してきた。

老中の筆頭であり、三人の老中の中で一番年齢の上の松平伊豆守信綱が忠勝の前で急な呼び出しの非礼を詫びた。後ろには同じ老中の阿部肥後守忠秋、松平和泉守乗寿が控えている。

「讃岐守様にご登城願うたは他でもござらぬ。松平定政殿からの手紙。文面はお読みの事と存ずるが、読み方によっては、御政道非難とも取れますれば、読み捨てにも参りますまい。と言って、対応の仕方によっては、あらぬ騒動ともなりかねませぬ。どう処置すべきか、是非、讃岐守様のお考えを承りたい」

まだ伊豆守が頭をあげきらぬうちに、忠勝の激しい言葉が飛んだ。

「これは嘆願書などという生易しいものではない。我ら老中への告訴状、しいては徳川幕府への非難。とても見過ごすわけにはまいらぬ。放っておけば幕府の威信にかかわることになろうぞ」

忠勝は老中から呼び出しがなくとも、自ら登城するつもりだった。徳川幕府開府以来、徳川家康、秀忠、家光と三代にわたって徳川家に仕えてきた自他ともに認める徳川家の忠臣である忠勝にとって、その実直な性格もあって、徳川幕府への非難は、そのまま主家徳川家への誹謗と受け止めていた。

「定政殿は神君家康公の甥にあたる方。いわば身内。それが、よりによって徳川家にとって今、最も大事な時に、このような意見書を出されるとは……」

普段は温厚な人柄で、周囲からも人望が厚い忠勝が、その厳つい顔を苦りきった表情で吐き捨てた。


徳川家康が江戸に幕府を開いてから五十年が過ぎていた。歴代将軍も家康から秀忠、家光と二代も世襲が続き、社会も安定、大きな戦もなく庶民は泰平の世を謳歌し始めていた。

だが、この泰平の世も、幕府の強硬な大名統治政策の上に成り立っていた。武家諸法度を制定し、大名、とりわけ外様大名を厳しく規制し、違反した大名には有無を言わせず藩取りつぶしなど改易した。

基本的には藩内の政はその藩に任されていたが、御家騒動はもちろん、農民一揆など藩内のもめごとも「管理不行き届き」を理由に容赦なく罰せられ、実質的には幕府が全国の大名の「生殺与奪」の権限を握っていた。

改易された大名は、家康の時代には豊臣家をはじめ四十八家、二代秀忠の時代には、福島正則の広島藩四十九万石を始め四十二家、さらに三代家光の時代には、加藤清正の嫡男加藤忠弘の肥後熊本藩三十六万石を始め四十六家に及んだ。

これら改易された藩の石高を合わせると全国の三分の一に達する。いかに幕府の大名取り潰し策が苛烈を極めていたかが分かる。

当然のことながら諸国の大名の幕府への不満は強い。だが、幕府へ叛逆しようにも、その元手となる財力がなかった。幕府は各大名に対し、財源である米の収穫量を決め、余計な収入を与えなかった。

さらに、江戸城築城など『公共工事』はすべて大名に譜役を課したので、その費用捻出に追われ、とても戦を構えるどころではなかった。幕府の〝見事な〟大名統制策と言うしかない。

三代家光の時代にはいると、武家諸法度を改定し、諸大名の参勤交代制を義務づけたほか、農民に対して「田畑永代売買禁止令」を発布して、統制を強めた。社会制度も、キリスト教を禁止し、諸外国との交易を禁じて鎖国令を発するなど、矢継ぎ早に幕藩体制を固めた。徳川幕府はこの家光の代で、長期政権の体制は整ったと言える。

その家光が急死した。前年の秋から体調を崩していた家光は半年後の慶安四年五月、肺炎が悪化して急逝した。享年四十八、四代将軍は今までの慣例から、嫡子、家綱が継ぐことになったが、彼はまだ十一歳と将軍職を務めるには若すぎる。いや幼なすぎると言っていい。

秀忠が将軍職を継いだのは二十七歳の時。家光は若いとは言え二十歳と成人になっていた。それに比べ家綱は元服さえ終えていない。

もうひとつ、これまでの将軍継承と大きな違いがあった。家康は将軍職を秀忠に譲ったものの、本人は死ぬまで大御所として、政権の一翼を担っていた。秀忠も同様。四十五歳で将軍職を家光に譲った後も、やはり大御所として五十四歳で死ぬまで江戸城西の丸で実権を握っていた。

秀忠時代も、家光時代もこれを「二頭政治」と皮肉るものもいたが、実情は違う。徳川政権は形こそ整えつつあったが、盤石ではなかった。権力構造が不安定になる政権交代期というのは反体制派にとっては混乱を起こすのに絶好のタイミングになる。

そこで前将軍が存命で権勢があるときに新将軍に引き渡し、暫くの間〝併走〟することでスムーズな政権移譲を図ってきたのである。現在で言えば、オーナー経営者が存命の間に息子に会社を譲り、自らは会長となって、社内に〝睨み〟をきかす姿に似ていなくもない。

だが、家綱が四代将軍となるときに、父、家光はこの世に居ない。本人の不安はもとより、幕閣たちの動揺は激しかった。その混乱ぶりは、諸大名を江戸城の本丸御殿大広間に集め、将軍家光の死を諸大名に告げたときに現れている。大老、酒井忠勝が立ち上がると居並ぶ大名たちに、

「この中に幕府に対し異心を挟む者が居るか。もしこれある時は、幕府は全力を持ってこれを踏みつぶす」

と叫んだ。幕府の覚悟を示すと同様に、幕府内の動揺を隠す強気の発言であった。それほどこの期の大名、とくに外様大名の動きに神経を使ったのだ。

その後で、幕府は各大名に幕府に忠誠を誓う『誓詞』を出さしている。

ここまで神経を使っている幕府に、足元から事件が起きた。

譜代大名、三河刈谷の城主、松平能登守定政が、突然幕府の老中並びに井伊直孝に上奏した。手紙

の中味を読んで老中は皆驚いた。

「私は前将軍（家光）の厚遇を受けたので殉死すべきだがこれを果たせず。この時代になって天下安穏になったようだが、貧富の差は激しく、なんら救済の方法はない。

私は二万石の大録をはんでいる。故に推参《すいさん》ながら俸禄はもとより武具馬具に至るまでことごとく献上いたします。

私の俸禄だけでも、五千石ずつ与えれば四人、五石なら四千人の人を救うことができる。私一人では到底四千人の働きはとてもできません。どうぞ、この二万石を私は返上するのでこれを使ってください」


「この手紙、表向きは美談のように読めるが、定政殿の真意は他にあり」

そう言うと忠勝は懐から定政からの手紙を出すと皆の前の畳に広げて指を指した。

「この『貧富の差は激しく、なんら救済の方法は無い』と言うところ。それから『二万石を返上するのでこれを使ってください』と書いてあるところ。どう読んでもこれはわれら老中への政道非難としか読めまい」

それに応えるように老中の一人松平乗寿がうなずきながら言った。

「上様が亡くなられてまだ二か月も経っていないこの時期に、お身内からの御政道非難、なんともまずい」

松平定政は、徳川家康の異父兄弟の久松定勝の子で、家康は伯父にあたる。二十四歳で徳川家光の小姓となり後に長嶋城七千石、三年前から刈谷城二万石の城主となり大名となった。

大きな武功もなく、目立った行政の才もない中で、二万石の大名まで昇ることが出来たのは、やはり徳川家の縁者という出自があるからだろう。ただ、凡庸ではなく、性格は少々頑固なところがあるものの実直で、周囲の者からの信頼は厚い。

「して、能登守殿は今、どうしておられる」

忠勝も怒りを吐き出し、少しは収まったのだろう。定政を城内の慣例である官名で呼ぶようになった。

「東叡山寛永寺に入り、遁世落髪して江戸府内を托鉢して回っているそうな」

「それはまずい。あの性格ゆえ、何時この意見書の内容を市中に触れまわらぬとも限らぬ」

確かに、放って置けば、定政の行為は瞬く間に江戸府内に知れ渡るだろう。日頃から幕府の政に不満を持つ者にとっては、定政の「自領を返上して皆に分け与えよ」という行為は喝采を浴びるだろう。それは同時に幕府に対する庶民の不満の表れとなる。

幕府は家光の死後、人心の動揺が起こるのを恐れ、二階で火を焚くのを禁じたり、朝夕の炊事が終わったら直ちに火を消すよう命令を発し、江戸町内から火が出ることを極端に警戒した。

さらに、町内に自身番を置いて、昼夜を問わず警戒し、虚言を流布するものを厳しく取り締まっていたのである。

「すでに能登守殿はこの話我ら老中だけでなく他の者にもお話しなされています」

「なに?!」

「まずは掃部守様には、直々に別紙意見書を御手渡しになり、話し合われたとのこと」

その席に居た一同が一斉に声の主の伊豆守信綱の方に顔を向けた。

「掃部守に訴えるとは、能登守も考えたものよ。掃部守に打ち明ければ、この話、我ら老中が無視できぬことを知っての上の事であろう」

忠勝は腕を組んで苦々しく言い放った。

掃部守とは井伊直孝の事である。彼は家康の時代に徳川四天王のひとりと言われた井伊直政の子で、井伊家の家督を継ぎ彦根藩三十五万石の藩主になっている。二代将軍秀忠の臨終に際し、家光の後見人を命じられ、重大なことのみ関与する「大政参与」の任を与えられている。

家光から絶大な信頼を受け、譜代大名で最高の三十五万石まで上り詰めた。

大坂夏の陣ではその活躍ぶりから「井伊の赤牛」と敵味方から恐れられた。黒く大きい瞳は眼光鋭く、猛将の父に似て剛直、無骨で寡黙な性格。無駄口はたたかず、故に彼が発言するときは常に周りに大きな影響を与えた。

この時、六十二歳、酒井忠勝の一歳下になる。立場や家格は同等以上だ。定政が直孝に打ち明けたのも、その影響力の大きさを考えたのだろう。

「それだけではありませぬ。私の耳に入ったところでは、能登守殿は幕政を批判される際に具体的に幕閣の名前を挙げられたとか」

「誰じゃ？」

「私の名をあげられました」

「伊豆守殿をか？　伊豆守殿だけか？　他には？」

その場にいた老中の一人、阿部肥後守忠秋が尋ねた。

「それは……」

そう言ったまま、信綱は下を向いた。

「他にもおるのじゃな。遠慮はいらぬ。申せ」

忠勝はその答えを知っているようだった。

「恐れながら、もう一人は讃岐守様……」

一同息をふっとはいて腰を落とした。

「さもあらん。決してわしは驚きはせぬわ。それより、この始末を急がねばならぬ。時がたてばたつほど騒動が広がろう。どうするか。皆様のお考えを承りたい」

議題を移したい讃岐守が話の先を急いだ。

「そのことでござるが、能登守殿はもう一つ具体的なことを掃部殿に申し上げたようなのでござる。そのことについて皆様のご意見を伺いたく、まずはこちらへ」

と言うと伊豆守は一同を部屋の中央に誘った。そこには炉が切ってある。

炉は重要な問題を議論するとき、密談が漏れないように炉の中の灰に火鉢で文字を書き、終わったら文字を消し証拠が残らないようにするために設けられたもの。

そこに伊豆守が誘うということがどのようなことか、皆分かっている。

「私が聞き及んだところによれば、能登守殿は自分の俸禄を、具体的に旗本、御家人に分け与えてほしいと掃部守殿に願われたとのことです。

そしてその話はすでに何人かの旗本、御家人に伝わり、彼らは喜び勇んでいるとか」

「馬鹿な！　定政殿も定政殿なら、旗本たちも旗本たちよ。彼らの俸禄は幕府が決めていること。そのようなありえぬ話を真に受けて喜んでいるとは、何とも情けない」

「確かに、讃岐守様の言う通りでござるが、彼らの気持ちも分からぬではありません」

と肥後守。

「彼らはいざ戦となれば将軍家をお守りする大事な武士たち。しかしながら俸禄は百石以下の者が多く、最近の江戸の諸価の値上がりで生活に困窮する者も出ております。

旗本の数は五千人、御家人を含めればおよそ二万人にも達し、しかもほとんどがこの江戸府内に住まいいたす者。彼らの動静は幕政にとって決して無視はできません。

ましてや将軍が亡くなられて不穏な動きがあるこの時期に。我らの対応の仕方によってはあらぬ大事に、と最初に伊豆守殿が申し上げたのも、そのことでござろう」

阿部忠秋がはやる忠勝を落ち着けるようゆっくりと語った。

この男、阿部忠良の次男に生まれたが、長男の夭折で家督を継ぎ、始めは小姓番頭から若年寄に出世、三十四歳の若さで老中にまで登りつめた。剛毅朴訥な性格で、責任感が強く、幕政にあたって権力者のみならず、社会の人々の心情も理解する異色の幕僚と言える。

彼の政の要諦は、常にその政策が相手にどう受け止められるか、どう反応するかによって政策を決めることだ。平たく言えば「世論」を重要視する。といって現代でいうポピュリスト（大衆主義者）

ではない。あくまで権力者側に居ることは間違いない。

要は「政治家」なのである。もちろん当時「政治家」という職業はなく、概念もない。彼の意識にもない。当時の幕府中枢部は、将軍を除けば、武闘派と文治派の区別しかなく、阿部のようなタイプは異色だった。

ちなみに、同じく三十八歳の若さで老中になった六歳年上の松平信綱とは良きライバルであったが、伊豆守は『知恵伊豆』と呼ばれるように鋭敏で才知に富んだ、今でいえば優秀な官僚なのに対し、忠秋は常に社会の流れを読む政治家と言える、徳川家への忠誠心がきわめて強い忠勝、このそれぞれ性格の違う三人が将軍家光を実質的に支えてきた。

「では、そこもとたちは、定政をこのままにせよというのか」

忠勝の言葉に怒りが含まれている。

「いえ、そうではありませぬ。ただ、どのような裁決をするにせよ、世の動きを見極めて慎重に、と申し上げております」

「分かっておる」

忠勝は不承不承応えた。

「伊豆殿、何か知恵はござらぬか」

松平乗寿が「困った時の伊豆頼み」とばかりに、投げた。

「何とも難しゅうござるな。いざ裁定いたすとしても、罪状が決まりません。真意は別にして、表向きは、『所領を返上して、分けてほしい』と言うだけでは、武家諸法度に違反するわけではなし…。

それに旗本たちの事を考えると……」

一同皆、頭を抱えてしまった。

炉を囲んで一同暫く黙ったまま、時が過ぎた。

陽は中空にまで登っていた。

そのとき、乗寿がふと愚痴った言葉を伊豆守が聞き逃さなかった。

「いや、まったく正気の沙汰とは思えませぬな」

「今、何と仰せられた？』

「正気の沙汰とも思えぬと、申しただけじゃが……」

「それ、それ、正気の沙汰でない。正に狂気の沙汰でござる。罪状などどうでもよい。『狂気の沙汰』として処分いたしましょう」

「なるほど、定政の行為、まさに狂っておる。幕府としては狂人を放っておくわけにはまいらぬ。さすが知恵伊豆、妙案じゃ」

忠勝は策が見つかって小躍りするばかりに喜んだ。

「これなら旗本衆の不満は残っても、これを不服として騒ぐことはできますまい。狂人のいうことを真に受けたと言うことになりましょうに」

乗寿は何度も深くうなずいた。

忠秋は納得したのかしないのか、表情が変わらなかった。

〝罪状〟はこれで決まった。後は処分の内容だ。

「やはり、定政殿を江戸に放っておくのはまずい。改めて所領を没収し、兄で本家筋の定行殿にお預けといたしましょう」

「定行殿の領地は確か、四国松山か？」

「松山東野でござる」

「息子たちも連れて行くようにせよ。これで一件落着じゃ。あとは皆に任せる」

そう言うと忠勝は部屋を足早に出ていった。

これ以来、幕府は突飛なことをなす者は、「狂気の沙汰」として処分するならわしとなった。


忠勝が居なくなった後、信綱は奥坊主を呼び、なにやら耳元で囁いた。

そして、部屋に残った二人を見渡して言った。

「早速処分を言い渡すが、その前にお願いする方がおられる」

「どなたで？」

「中将様じゃ」

「保科様に？」

「左様。中将様にご報告とお願いも含めてな。定政殿は何と言っても徳川家につながるお方。処分を言い渡すとしても、我ら老中よりここは同じお身内の中将様から言い渡すのがよろしかろうと存ずる」

信綱は抜け目がない。老中より保科正之の名前の方が定政はもとより、旗本、御家人からの反発が少ないことを考えた上だ。

「それはよろしかろう。なんと言っても中将様は、亡き上様の弟君にあたられる方ですからのう」

これは妙案とばかりに松平乗寿がうなずいた。

「ところで、中将様は、どのようなお立場になられるのか……」

「家綱様の後見人となられる」

「それは分かっておりますが、役職と言うか、我ら老中としてはどのように処すればよいのかと……」

「副将軍であろう。副将軍は以前にも水戸の光圀公の例がござる。ただ、この度は家綱様ご幼少につき、政は実質的には中将様にご相談、ご判断いただくことになろう」

そのとき、奥坊主が戻ってきた。

「中将様にお伝えしたところ、今からお会いしたいとの仰せにございます」

その声に、三人は一斉に腰を上げた。

託孤

保科正之は溜めの間で松平伊豆守の話を腕を組んでじっと目を閉じて聞いていた。

正之このとき、四十歳。前に座る老中たちよりはるかに若いが、とじた目の眉間のしわや、研ぎ澄まされた頬や顎は精悍な雰囲気を漂わせ、年上の彼らに引けをとらない十分な貫録を見せている。

定政の件は、自分は直接意見書を受け取っていないが、城内の噂で聞こえていた。文面まで読んでいないので詳しくわからないが、一度定政に会い、真意を聞いてみたいと思っていた。

「皆様、同じ御意見でござるか」

三人を見渡し、皆一様にうなずくのを確かめてから答えた。

「それでよろしかろうと存ずる」

三人はほっとしたように小さく息を吐いた。

先代家光公が亡くなられてまだ喪も明けない時期、世情はなんとなく不穏な時、幕府内でもめごとが長引くのは好ましくない。一時も早く事を収め、家綱様への将軍継承の儀を早急に執り行わなければならない。

政に空白があってはならないのだ。その意味で、信綱の処置は迅速であったと思う。さすがに、知恵伊豆と言われるだけに、その行政手腕は見事と言える。

——ただ……。

三人が引き下がった後、正之は心に何か引掛るものが残った。

「狂気の沙汰」と言う罪状が気になる。自分の意向に従わぬ、意に添わぬ者を排除するには、この言葉ほど都合のよい罪はないからだ。言われた側に説明の機会を与えず、有無を言わせぬ響きがある。〝問答無用〟に似て、相手に非があると決めつけている。権力者がこの言葉を使えば、なにごとも為政者の思うがままになる。

しかし、これで幕府の権力が独り歩きしてしまわないか。幕府が気にいらぬことや、面倒な問題を起こした者に「狂気の沙汰」を連発すれば、その場は収まるかもしれないが、人々は幕府にものを言えなくなり、やがては人心が離れていくのではないか、そんな不安がよぎる。

正之はもちろん徳川政権の安定を第一に考えている。世の泰平を維持するには安定した、絶対的な権力者が必要だ。それが徳川政権だと信じている。政権が揺らげば世に混乱が生じる。

人と人が血で血を争うような戦国時代に逆戻りするようなことは絶対に避けなければならない。その意味では大老老中を始め幕閣と同様な立場にある。

ただ、幕府の権力の守り方にいささか違いがあると考えている。苛烈な大名取りつぶしや、武家諸法度など力による強硬手段のみでは限界があると考えている。力による支配は、相手に恐怖を与える。恐怖は怯えになる。怯えが強まれば憎悪になり、やがて反発につながる。

「窮鼠猫をかむ」の例えだ。

権力を維持するには、力が必要なことはもちろんだが、行き過ぎれば恐怖、怯え、そして最後には反抗につながろう。徳川幕府は、民意に支えられた政権でなければならぬ。人々から畏敬の念を持たれる徳川政権こそ、神君家康公の描いた姿であろう。

今回の「狂気の沙汰」は、それに逆行しているのではないか。

正之は気を取り直すように溜めの間から廊下に出た。小姓が付いてきたが、それを制し、一人で本丸御殿の東の端、中庭に向かった。

本丸御殿の中で一番大きな中庭の一角には小ぶりな山躑躅《つつじ》が今を盛りと赤い花を咲かせていた。躑躅ほど花弁の数は多くないが、小ぶりな花は愛くるしい。

正之が江戸城の溜めの間詰めになった時、家光の了解を得て、植えさせた山躑躅である。山間に咲く花で、気候が違う江戸城内では根付かぬ不安もあったが、庭師の精魂込めた手入れのお陰で、十日余り前から蕾を膨らませていた。

山躑躅は正之にとって、大事な花であった。正之がその名を幸松といった幼いころ、育て親の信松院が住む八王子恩方の心源院の庭に咲いていた花だ。

信松院は毎年五月になると小さな赤い花を咲かせるこの山躑躅をこよなく愛していた。幸松はその花の愛くるしさに信松院の姿を重ね合わせていた。

「常に人の幸せを考えよ。そなたは自分の幸せを考えてはなりませぬ」

山躑躅を見ると信松院を思い出す。そして彼女の遺言も。もう三十年以上昔の話だが、この山躑躅を見るとき、必ず心の中で響く。

彼女は私に「人は一人で生まれてくるのではない。そなたは多くの人々の願い、思いを背負ってこの世に生み出たのです」と教えてくれた。だから「生まれてからは今度は多くの人に恩返しをしなければならない。人々の幸せを第一に考えなさい」と。

「将軍の子として生まれながら、将軍の子として育てられぬ不遇を決して呪ってはなりませぬ。どんな境遇に居ても、自分の使命に誇りを持ち、勇気を持って強く生きてほしい」と。

信松院が病床で語りかけながら幸松の手をそっと握った時の冷たい手の感触は今でもこの手に残っている。

――私の全てはあの心源院での信松院様とのお別れから始まった。

七歳で江戸城内から信州伊那の高遠藩へ送られ、そこで過ごした十四年間。藩主保科正光殿の養子となった。三万石という小藩で、まるで家族のような家臣たちと領民の間で、正之は青年時代を過ごしてきた。父正光からは文武両道に厳しい指導を受け、将軍の子など忘れ、この信州の山の中で小藩ながら穏やかに一生を過ごすのだと思っていた。

それがあの日を境に運命は大きく変わっていった。


今から二十二年前、寛永六年（1629）年十月、高遠藩に居た保科正之は藩主保科正光を通して、突然、幕府の老中土井利勝から呼び出しを受けた。

「火急の用あり。至急登城されたし」

土井利勝は二代将軍秀忠時代の幕閣の重鎮で、大老就任は時間の問題と言われている人物。正之は時に十九歳、まだ藩主ではなく江戸城登城の資格もない。もちろん、土井利勝との面識もない。幕府の重鎮が一介の藩士に接触するなど異例の事である。

義父の藩主保科正光に相談すると「公儀からのお呼び出しじゃ。すぐに参れ」という。その顔は呼び出しの事情を知っているようであったが、何も話さぬまま正之を江戸に送り出した。

「大炊でござる。正之殿にはお初にお目にかかる。遠路はるばる御苦労様にござる」

江戸城の一室で顔を合わせた利勝は、日ごろの政務のときの厳しい顔と違って、柔和な眼差しで、孫のような年の離れたこの若者に語りかけた。

「急ぎ登城願ったのは、他でもない。この後、上様とお会い願いたい」

黙ったまま、身じろぎもせず聞いている正之に、続けた。

「突然のこととて、正之殿には驚きの事と存ずるが、仔細を申し上げる」

利勝は居ずまいを正すと正之に諭すように語った。

「上様は、ある事情で自分には弟がいることをお知りになられました。それがあなた様であることも分かりました。上様はあなた様の高遠藩でのお暮らしぶりを知り、何としてもあなた様に早く合いたいと……」

——やはり……。

正之はさして驚きはなかった。自分が将軍の子であることは、幼き時、育ての親の信松院から聞かされていた。だが、当時、その意味がよくわからなかったし、深く心には残らなかった。信松院や見性院らに囲まれて何不自由ない暮らしが楽しかった。

高遠に来て年を過ごすうちに、父を意識したことは何度かあった。藩士の家族を見たときなど、何で自分には父親がいないのかと悩んだ夜もあった。

母に父の事を聞いても、ただ涙するばかりで、何も教えてはくれなかった。母の悲しい顔を見ると、それ以上は聞けなかった。

だが、育て親の保科正光から、十五歳の元服の後、部屋に呼ばれて告げられた。

「そなたの本当の父親は大御所の秀忠様である。しかし、今日を限りにそのことは忘れよ。そなたは今日から我が正光の子となり、やがてはわしの後の高遠藩を継ぐ身となる。よいな」

尊敬する継父に言われ、何の躊躇もなくその言葉に納得した。と言うより、一介の地方の小藩の武士にとって、江戸に住む「将軍様」は雲の上のお方以上に無縁の存在だった。

それより、正之はこの伊那地方を愛していた。冬の寒さや雪の多さには閉口したが、草木が芽吹く春のにぎやかさ。新緑がまぶしい夏。秋には山々が黄色に染まる。

自分がこの高遠の地で生涯を暮らすことに何の不満もなく、それどころか喜びを感じていた。

ただ、心の底のどこかで、いつかこんな日がやって来るのではと思っていた。今回、高遠から江戸に向かうときに、「もしかしたら」という予感はあった。継父の態度にそれとなく感じてもいた。

だからといって、それ以降の事は何も考えていない。想像もできない。自分の父はあくまで尊敬する保科正光であり、自分の生涯の地は高遠であり、江戸ではない。

「お言葉でありますが、私は今、高遠藩のお世話になっておる身。藩主、正光殿の養子となり高遠藩の人間でありますれば、一介の小藩の武士が、将軍様にお会いするなど恐れ多い事に存じまする」

正之は正直に自分の思いを語った。

「御尤もに存ずる。されど、上様は将軍という立場を置いて、一人の人間として弟に会いたいという、肉親の情からで、その心情はご理解いただきたい」

「上様のお気持を理解などと恐れ多いこと」

「これは正式なご兄弟の御対面ではありませぬ。あくまで、上様の個人的なこととします。ですから、正之様もそのおつもりで」

将軍の弟ではなく、ただの兄弟の対面だという。と言っても、将軍は将軍である。将軍はそのつもりでも、こちらはそう簡単に割り切れない。

「私が申し上げるのは憚りながら、上様はご家族に恵まれず、一人徳川家を守り通すご心労はいかばかりかと。自分に腹違いながら弟がいると知ったときのお喜びはいかばかりかと。

私としては、上様のお気持ちを何としても実らせて差し上げたいのです。正之様には上様のお気持ちを御理解いただき、どうか御対面を願い申し上げます」

そう言うと、利勝は頭を畳に押し付けるほど下げた。

「御手を御揚げくだされ」

正之はあわてて制止しながら、部下である利勝からこのように慕われる家光という兄はどのような人間なのか興味を持った。将軍という身を離れてなら、会ってもいいと思った。会った後は、自分は高遠に帰るのだ。もう二度と兄と会うことはないだろう。ならば、自分もかしこまることなく、素直な気持ちで会えばいい。

「分かり申した。お任せいたします」

利勝の顔に安堵と喜びの表情が表れた。

正之が家光に拝謁したのは将軍謁見の正式な間である黒書院ではなく、将軍が日常生活を送る三の間であった。対面は半刻（一時間）以上に及んだ。

正之が対面を終えて引きさがった後、利勝はすぐに家光に呼ばれた。

「大炊、そなたに礼を言わねばならぬ。わしは良き弟を持ったぞ」

「それはようございました。弟様の印象はどうでござりましたか」

「将軍の子に生まれながら、信濃の片田舎で暮らす不遇を恨んでいると思っていたが、弟はそんな態度はみじんもなく、今高遠で暮らしていることを誇りに思うておる。周囲の教育が優れているのだろうが、彼自身の性格によるところ大である。

少し考えながらも返答は明快で、臆することなく、自分の意見を率直に言うその誠実な態度。二十歳前の若者とは思えぬ確固たる信念の持ち主である。わしは、あのような清廉で、誠実な男と話すのは初めてじゃ」

「上様のそのようなお喜びの御顔を拝見するのは、この大炊、久しぶりにございます」

「高遠の暮らしぶりも聞いた。義父、正光は勇将ながら穏やかな性格で信仰心が篤く、領民のために城内にあった神社を庶民が参拝するように城外に移したそうな。

正之もそんな父を深く尊敬していると言うておった。母は優しく、気使いの細やかなお方なそうな。

のう大炊、わしは正之の話を聞いていて、嫉妬さえ覚えたぞ」

「正光殿は、大阪冬の陣では天王寺の戦いで武功をあげ、大御所様より厚い信頼を受けておられます」

「なるほど、正之を正光に預けたは、父上の配慮であったか」

「仰せのとおりにございますが、さらに神君家康公の御意向もあったと伺っております」

「なに、神君も関わっておったのか？」

家光は黙ってしまった。家光は父秀忠より、祖父家康を深く尊崇していた。身につけている守り袋には『二世権現、二世将軍』などと書いた紙を入れ、治世には祖父家康の国づくりを大いに参考にしていた。

その祖父が弟正之の誕生にかかわっていたとは、改めて正之の存在に大いなるものを感じていた。

「大炊、そなた正之の事はすべて知っておったのだな」

自分の知らないところで、全てが進んでいたことに、多少腹立たしさを覚えた。

「恐れ入りまする。全ては神君家康公の御指示なれば……」

正之の誕生には、家康公の存在を抜きには考えられない、いや家康公が居たから、正之殿はこの世に生まれたと言っても過言ではないと、利勝は思う。その後も、武田遺臣による養育についても家康公は折に触れ土井利勝に様子を尋ねてきた。

「ところで大炊、わしは正之の事を皆に話そうと思う。わしの弟であることを明らかにする。何とか我が身の傍に置きたい。

もちろん、徳川の子としては扱わぬ。本人もそれを望んではおらぬ。しかし、彼をこのまま片田舎に置くのはもったいない。必ずや、この徳川幕府を支えてくれる大事な人物となろう」

「そこまで上様がお考えなら、よろしいかと存じまする。ただ、弟君はまだ二十歳前。正之様がやがて高遠藩主となり、それ相応の地位になられてからでも遅くはありますまい」

「正之が高遠藩を継ぐのは間違いないのじゃな。ならばそれからにしよう。いずれにしても、弟に会えてよかった」

家光はこの弟に会えたことを心の底から喜んだ。家光にすれば、この異母弟には特別な感情があった。家光は将軍継承の際、激しく兄弟戦争を戦ってきた。父秀忠と母お江は、次男の忠長を後継者として考えていた。

それを祖父徳川家康の裁断によって、長男、家光が三代将軍になった経緯がある。

実の母子ながらお江と家光は激しく対立し、それは憎しみとなって家光が将軍になってからも続いていた。

嫉妬深いお江は愛妾の子である正之の誕生も許さず、一時は殺すことまで考えていた。だが、その母ももういない。三年前に病で倒れた。もう、正之の存在を認めないものは誰もいない。

「すでに正光殿より、内々に、正之様への藩主後継の願いが出ております」

義父保科正光は、幕府の了解のもと、それまで『預かり』の身だった正之を、正式に保科の養子とし、名前も保科家の人間になったことを示す「正」と言う字を付けたのだ。

家光は正之が腹違いの弟であることを公言するとともに、身近に置くべく策を次々に講じた。

正之が高遠藩主になって五年後、彼を山形藩二十万石の藩主に鞍替えする。五万石から二十万石という〝大抜擢〟である。当時、厳しい大名統制策が実施され、改易される大名が多い中で、実質大幅加増となる移封は異例中の異例である。いかに家光が正之を信頼し重用していたかが分かる。

さらにその二年後今度は会津二十三万石の藩主となる。会津は徳川幕府にとって、北の抑えとなる東国の重要な地区であり、歴代の藩主は譜代大名が治めていた。

正之は同時に官位も従二位中将となり、将軍家に次ぐ地位を与えられた。家光の命により、ほとんど『江戸詰』となった。家光はやっとこの信頼する弟を手元に置くことができた。正之三十一歳。家光三十八歳の時である。

少し風が出てきたようだ。庭の山躑躅が揺れている。

正之の目が、庭の東にある将軍中屋敷に移った。

――あのときの将軍様の言葉は決して忘れることは出来ない。

病床にあった家光が正之を呼んだのはひと月前の事だ。

「そちに頼みがある」

いつもの毅然とした、ときには傲慢とも思える発言で周囲を恐れさせていたとは思えぬ弱々しい声で、正之の顔を見た。

「何なりと。されどこのようなときでなく、お元気になられたときに伺いましょう」

「いや、もう、再び気を取り戻すことはなかろう。自分の身体は自分が一番承知している。励ましてくれるのはうれしいが、今のうちにどうしてもそなたに頼みたいことがあるのじゃ」

急速に身体が痩せほそり、顔は五十歳前とは思えぬ皺を見せる中で、眼光だけは鋭く、正之を見詰めている。その気迫に正之はただならぬものを感じて、一瞬たじろいだ。

「家綱を頼む。家綱はまだ十一歳。とても、彼には将軍職は務まらぬ。しかし、彼にはこの徳川家を、徳川幕府を治めていかなければならぬ。これは、徳川宗家の長男に生まれた宿命である。

彼が成人するまで伊豆守をはじめ老中の支えが必要だが、なんと言っても、身内の支えが一番じゃ。正之殿は家綱の叔父、そなたに、家継を、いや徳川幕府を守ってもらいたい。わしの最期の頼みじゃ。頼む」

「わたくしごときに幕府を守るなどということは……」

「いや、そなたにはできる。そなたの清廉で誠実な心、家綱に必要な力じゃ」

布団から弱々しく痩せた腕を出すと、正之の袖を必死に握りしめた。

「家綱を、頼むぞ」

鬼気迫る形相だった。

傲慢と思える言動で周囲から恐れられた家光はそこにはいない。あるのは子を思うただの父親の顔である。

その姿に正之は胸が詰まった。何としても応えようと思った。

「兄上様。正之、この命に代えましても必ずや家綱様を、徳川家をお守りいたします」

正之は家光の手を握りしめ、振り絞るような声で誓った。

その三日後、家光は静かに息を引き取った。

自分は「託孤の遺命」を受けた。

自分をここまで引き上げてくれた徳川家を、何としても命を懸けて守らねばならない。

それが自分の使命だと思う。

だが、盤石に見えた徳川政権は、正之が考えた以上に土台は揺らいでいた。

正之の不安は、すぐに現実のものになった。定政事件からわずか二週間後、徳川政権の屋台骨を揺るがす事件が起こった。

慶安の変

「殿に至急ご報告したき事あり、お取次願いたい」

家臣の奥村権之丞が大手門わきにある松平伊豆守信綱の江戸屋敷の門をたたいたのは、もう亥の刻（夜十時）を過ぎた夜も深まったころだった。彼のただならぬ声に門番は慌てて戸をあけた。

あすの朝の登城を控えて、既に床に入っていた信綱は、寝入りばなを起こされ多少不機嫌だったが、それも奥村の話を聞いて眠気はすぐに吹き飛んだ。

「夜遅くお訪ね申し、御無礼とは思いましたが、急ぎお知らせ申し上げたき事あり。実はわが弟八左衛門より連絡あり。かねてより探索中の由井正雪に不穏な動きあり。わが弟に武器の調達を命じたとのこと。

仔細は分からねど、弟の話によれば近日中に江戸に火を放ち、混乱に乗じて、登城する幕臣を討ち幕府転覆を謀る企てなり。彼らは江戸を手始めに、大坂、長崎などでも一斉に蜂起し、その数、千にも及ぶとか」

奥村は一気に話して、ここでひと息着いた。

「確かか！」

眠気は冷めたものの、まだ頭は回っていない。話の内容があまりに異常なだけに、すぐには理解できず、信綱にしては珍しく意味のない問いかけだった。

「由井正雪には以前より何かの噂あり、わが弟を密偵として道場に潜り込ませていたところ、今夜、由井正雪の側近より、江戸幕府転覆の企てを打ち明けられました」

「その仔細とは」

「詳しくは弟も聞き及んでいないようです。とにかくできるだけ多くの武器を至急そろえるようにと。もちろん事は内密にと言われまして……」

「由井正雪と言えば、この頃江戸で評判の楠流の軍学の講釈師として旗本、侍、浪人はもとより、諸大名までこれを聞く者少なからず、と聞いていたが」

信綱も評判を聞いていて、一度は彼の講釈を聞いてみたいと思っていた。そんな男が幕府の転覆を謀るとは、どういうことなのか。しかし、今は、感慨にふけっている間はない。

一番大事なことを聞かなくてはならない。

「して、その企て実行日は」

「確かな日にちは分かりませぬが、弟に武器の調達を命じたところから思うに、決して遠い日ではありますまい」

「まだ間にあうな。しかし事は急を要する」

信綱の頭の中が急速に回転していった。

「ご老中の皆さまに直ちに今夜中に使者を向けよ。話の内容は伝えなくともよい。明朝早く登城願いたく、信綱より急ぎ相談したき事あり、とだけ伝えよ」

幕府があまり騒ぎたてれば、敵に自らの様子を悟られてしまう。といって、時は待てない。いつもの冷静沈着で事務処理能力に長けた信綱に戻っていた。

「中将様のところはいかがいたしましょう？」

少しだけ考えてから応えた。

「よい。行かずともよい」

――この話、まだ全容が読めぬ。対応策も決まらぬうちに中将様に相談するは御無礼。まずは老中の皆さまで相談してから。

前将軍家光公の弟、保科正之への配慮であるが、信綱の心には「政は我々老中で」という自負もあった。正之は徳川の身内であり、あくまで将軍家綱の後見人と捉えていた。これは他の老中も同じ気持ちだったろう。同じ幕政を司りながら、正之と老中との微妙な関係を物語っている。

信綱の眠れぬ夜が続いた。彼の頭はこれをどう収束するか、その具体策に思いがめぐった。為政者の最も畏れる「幕府転覆計画」を突如聞かされれば、誰でも驚き、不安に陥り、動揺するのが尋常の人間である。

信綱は家康の家臣大河内久綱の長男として生まれたが、幼少にして目端の利いた彼は、将来の出世を見込んで自ら叔父の松平正次の養子となり、松平の姓を得た。

それを期に家光の小姓の一人に加わり、その才知に富んだ言動で家光の登用を受け、老中にまで登りつめた人物である。

感情に起伏が少なく、怜悧にして切れ者。ただし狡猾ではない。性格的には陰湿ではなく、闊達である。出世欲は強いが、それは権力欲というより、自分の能力を最大限に発揮するために大きな地位がほしいというものだ。

老中という最高位を得た今こそ最も自分の能力が発揮できるときだ。「危機こそ最大の知恵の出しどころ」と勇むタイプなのだ。

とは言え、幕府転覆の企てを聞いたばかり。

——まだ、この程度の情報では動けぬ。情報がほしい。もっともっと確かな情報が、しかし、猶予はならぬ。

その夜、信綱は部下に命じて何人かの男を次々に呼び出した。信綱が日ごろから市中に放なっている間諜である。彼らは信綱から呼び出しを受ければ、たとえ夜中でも屋敷に馳せ参じる者たちである。

一睡もせずに、気が付けば夜が明けていた。装束を整え登城するとすでに大老の酒井忠勝をはじめ、阿部忠秋、松平乗寿の老中は御用部屋で信綱を待っていた。

「昨夜は夜分に失礼つかまつった。天下の一大事にござる」

朝早く呼び出した言い訳を詫びた後、昨夜奥村権之丞の注進の内容をそのまま皆に話した。

「誠でござるか?!」

皆一様に驚いたが、にわかには信じられない様子であった。さもあろう、江戸開府以来、「大坂の陣」から三十五年余り、島原の乱以来十数年たち、世情はようやく落ち着きを取り戻していた。

特に将軍おひざ元のこの江戸では、開府以来、一度も騒乱事件は起きていない。

幕府があまり騒ぎたてれば、敵にこちらの様子を悟られてしまう。といって、時は待てない。

「由井正雪と言えば、今、江戸で評判の軍学者。大名の中にも彼に従うものも多いとか。そんな彼が幕府転覆の企てなど、にわかには信じられませぬが……」

松平乗寿が不思議そうにつぶやいた。阿部忠秋も同調するようにうなずいた。

だが、酒井忠勝は違った。

「真偽はともあれ、まず、由井正雪なる者を捕えることが先決じゃ。こうした企ては未然に防ぐためにも、首領を捕えてしまえば事は収まるもの。直ちに奉行所の者を差し向けよ。直接本人の口から吐かせれば分かる」

酒井忠勝の頭には、島原の乱の鎮圧の苦い思いがあった。乱の首謀者であり、彼らの精神的な支柱でもあった「天草四郎時貞」を最後まで捕えられなかったために、戦が長引き、敵味方とも甚大な犠牲者を出してしまった。同じ轍は踏まぬという強い覚悟である。

皆の意見を聞きながらも、信綱はまだ迷っていた。

三代将軍家光が没してまだ三か月余り。次期将軍は決まっているが、御歳十一歳の幼少である。まだ即位式も終わっておらず、政権交代期特有の政情不安を抱えていた。

将軍家の内輪である松平定政の事件。徳川家のお膝元で起きた事件がまだ冷めやらぬうちに、今度は降ってわいたような幕府転覆の企て。

忠勝の言うように直ちに、由井正雪を捕えるべきだが、どうもこの企て、彼のみで済むのか、背後にもっと大きな力が働いているのではないか。

だとすれば、うかつに動けない。といって事は急を要するのだ。

さすがに、たいていの事には落ち着いた処理をする信綱も今度ばかりは困り果てた。なにしろ情報が少なすぎた。もっと確かな情報がほしかった。そうでなければ、事が事だけに処理を間違いかねない。考えられる可能性を一つひとつつぶして、速やかに決断する。

信綱の行政判断からすれば、まだ、不安が残る。

そのときだ、部屋の向こうの廊下で奥坊主の声がした。

「町奉行石谷土人様より、伊豆守様に火急のお知らせあり。『伊豆守様は今大事の御用あり。後にて参られよ』と申し上げましたが、石谷様はとにかく御取次をと、そればかりで……」

茶坊主は取り継いだ言い訳を申し訳なさそうに付け加えた。

「ならぬ。今はそれどころではない。後にせよ！」

酒井忠勝が一喝した。

「お待ちくだされ。我らが大事な話をしていることは石谷にも十分承知のはず。それでも火急の報せというのは、よほどの報せかと。判断は用件を聞いてからにしてもよろしいかと存ずる」

忠秋が忠勝をなだめるように言った。

部屋に入ってきた石谷は南町奉行である、江戸府内のあらゆる出来事を取り締まる立場にある。ちなみに当時の町奉行というのは現在の、東京都知事、警視庁長官、それに最高裁判所裁判長を兼ねた絶大な権限を持っていた。

「今朝早く、お弓師籐四郎と名乗るもの、奉行所に訴えによりますと、神保町で軍学塾を開いておる由井正雪なるもの、仲間と謀りて幕府転覆を企て、まず、丸橋忠弥なる槍の使い手ら一味は風が烈しい夜に乗じて江戸の焔硝倉に火を放ち、江戸府内を火の海と化し、慌てふためき登城する老中以下を殺傷し、江戸城を乗っとる。また由井正雪一味は神君家康公を奉る九能山に押し寄せ、ここに立て籠もる。さらにまた、京都、大坂でも相応じて混乱を引き起こすとのことにござります」

ここまで一気に話をして、石谷奉行は畳に伏した。

老中一同、一斉に顔を見合わせた。いずれも話の内容に驚き、おぞましさに身体が震えていた。昨夜、奥村が知らせてきた話と同じである。いや奥村の話より詳細で具体的である。もはや「噂」ではなく、事実である。

「その籐四郎というもの、どんな男か。信用のおける男か」

「はい、彼は、江戸開府以来、日本橋で畳、蚊帳、荒物などを手広く扱う大店で、御本丸に直納御用を請け負う幕府の御用弓師にございます。彼は由井正雪の軍学塾に出入りし、本人とも商売抜きで親しい間柄ゆえ、この情報は確かと存じまする」

一同の顔がにわかに引き締まった。

「私が昨夜聞いた話に加え、ここまで具体的で詳細の訴え。間違いござらぬ。最早、疑いなきことかと存ずる。されば、一刻も早く彼らを捕えるべく、石谷、ただちに手配せよ！」

情報が重なった。疑う余地はない。信綱の頭が急速に回転した。

——騒乱は江戸だけではない。全国各地で起きよう。となると、用心してかからねばならない。由井正雪だけでは収まらぬ。一気に一網打尽に取り押さえねばならぬ。大坂、京にも至急知らせねばなるまい。

信綱の頭は、既に〝後の事〟を描いていた。

――これだけの大きな騒動を、一介の軍学者だけで起こせるわけはない。これまでの幕政に不満を持つ大名、それも大物が陰で糸を引いているのではないか。とすれば、正雪一味を捕えるだけでは済まぬ。その後の方が、厄介になるやも知れぬ。

永年にわたって、幕政を司ってきた経験からくる彼の勘といえる。

信綱はふっと重いため息をついた。


結果からいえば、この企ては未然に防ぐことが出来た。

信綱ら老中が会談した日の深夜、「キリシタン取り締まり」を名目に月番の南町奉行所より捕り者多数が、本郷の丸橋忠弥の宅を取り囲んだ。彼らは口々に「火事だ！」と叫び、これに驚いた忠弥らが家を飛びだしたところをことごとく捕えた。

一方、正雪はこの日の前日、江戸を発って駿河に向かっていたが、幕府は使い番の駒井右京親昌を急使とし、城代大久保忠成と共に兵を率いて正雪逮捕のため駿府に使わした。同時に、信綱は全国的な蜂起に備え、東海道、上州街道の要所である、箱根の関所、碓氷峠の関所も兵を増強して固め、万全の体制を整えることも忘れなかった。

由井正雪ら一行は駿府に入ったが、丸橋忠弥らが幕府の手によって捕えられたことは知らず、町はずれに宿をとったところを兵に囲まれ「最早これまで」と覚悟し、自ら命を絶った。享年三十六の若さだった。

正雪の素姓についてはよくわからない。一説には、駿河の農業染物師の子の生まれという。幼少より才気あり、後に僧になるも武家奉公のために江戸に出る。そこで、太平記、平家物語など軍紀物の講釈師として知られるようになった。

南北朝時代の武将、「楠正成」を慕い、自らはその子孫と号し、楠流の軍学の講釈師として評判が高く、彼の塾には、武士、浪人も含めて千人を超える門下生が集まっていた。

江戸だけではない、正雪と意を同じくする者は全国各地にもいて、京都、大坂でも企てがあったが、いずれも実行前に幕府の手によって首謀者らは捕えられた。

その一か月の間に、一味の親類一族がことごとく捕えられ、磔、斬罪など厳しい処分が行われ、事件は一件落着するかに見えた。

だが、事態はその後思わぬ展開となった。


「まだ、老中の皆様にもどなたにも相談しておりませぬが、徳川家にかかわることとなれば、まず中将様にご報告申し上げてからと参上しましてございます」

由井正雪の騒動が収まって二か月ほどたった、秋の気配が色濃くなり始めた十月初めの夜、松平信綱は、ひそかに外桜田門内の会津江戸屋敷に保科正之を訪ねた。

「伊豆守殿が我が屋敷に参られるは、城中では話せぬ内分のことと受け止め申すが、さて……」

正之は信綱のいつもの冷静沈着な物言いとは違うただならぬ表情に、身がまえた。

「先ごろの由井正雪一味による幕府転覆事件についてはすでにご報告申し上げたように未然に抑え、一味郎党とも処分いたしましたが、彼らの持ち物の中から異なるものが見つかりましてございます」

ここで信綱は一旦言葉を切って、目を伏せた。

「異なものとは?」

少しの間、目を伏せた信綱がおもむろに顔をあげて正之の顔を凝視して言った。

「恐れながら紀州和歌山の大納言様の印章文書にございます」

「なに?! 大納言様の印章文書?! 中にはなんと?」

「なにも書かれておられません。ただ、大納言様のお名前と印鑑が」

「何故、印章文書が由井正雪の手に?」

「分かりませぬ。ただ、未然に防いだとは言え、幕府転覆の企てに大納言様のお名前が出てきたとなると、このまま放っておくこともなりませぬ。この事明らかになる前に、中将様にまずはご相談をと思いまして……」

「その、印章文書、偽物であろう」

正之は即座に断言した。

「徳川のお身内にそのような企てに与する者がいようはずもない。正雪は人を集めるために大納言様の名前を騙ったに相違ない。

彼が江戸をはじめ全国各地でこれほどの騒ぎを起こしたのにはわしも不思議に思うていたが、大納言様の名前を騙ればこれも納得のいく話じゃ」

「わたくしもそれが事実かと思います。ただ、この事はやがて幕内にも知れましょう。人々に知れ渡りましょう。そのときに私どもが黙っているわけにもいきますまい」

「たしかに、偽物とわかっていても、大納言様と正雪との間をあやしむ輩は出てこような」

大納言は日ごろから酒井忠勝、松平信綱などの今の幕政に批判的であった。

幕政を批判してきた正雪にとって、頼宣は担ぐ相手として政治的にもこれほどふさわしい相手はいない。日頃の頼宣の言動を知る者は、頼宣の名前さえ出せば喜んで企てに加わってこよう。

「偽物なら、偽物とはっきり分かるようにしなければなりませぬ」

「大納言様にご説明の場を設ける、ということか」

「それが一番よろしいかと」

「ふーむ」

正之は腕を組むと考え込んでしまった。

――印章文書は間違いなく『偽物』であろう。神君家康公に直接つながる御三家筆頭の紀伊和歌山百二十万石の大大名が幕府転覆などの世迷事に与するはずはない。

ただ、どうしても腑に落ちないことがある。

――この時期に何故だ？　事件から二か月もたったこの時期に。

正之は信綱のあまりに唐突な話に何か違和感を覚えていた。

――大納言様と老中の間に何かあったのか？

大納言はこのところ老中のやり方を激しくし非難していた。正雪一味はすべて捕え首謀者は処刑するなど、全ての処分は終わっていたが、彼らが蜂起しようとした原因について、幕府は深く追求していなかった。

世情では、酒井忠勝、松平信綱ら幕臣の厳しい武断統制策に対する抵抗という声があったが、幕府は一切の原因追及を避けてきた。その前の松平定政事件が起きたとき「狂気の沙汰」と切り捨てたのと同じである。

これに対し大納言は幾度か江戸に登城した折に酒井忠勝ら老中に対し、「事件の背景には幕政への不満あり」と激しく迫ったという。

御三家筆頭で、前将軍の叔父にあたる頼宣には、老中も一応恭順の姿勢を示しているが、内心煙たい存在であることは確かだった。この事件をきっかけに、頼宣を排除しようという老中の思惑があるのではないか。

この印章文書には何か政治的な匂いがしてならない。「知恵伊豆」ならば、考えそうな話でもある。

正之はそう思った。

しかし、事実でないにしろ、話がここまで進んでは、このまま放っておくわけにもいくまい。偽物という何らかの証明が必要だ。正雪一派が全て処刑された今、それを証明するには、やはり大納言様しかいないだろう。

「分かった。それしかあるまい。ただし、それはそなたと大納言様との二人で行うように。決して家臣の者はもちろん、讃岐守殿も、老中の者も一切同席はならぬ。よいな」

正之は厳しく命じた。もし、この事が信綱の考えた自作自演の策ならば、その落としどころも信綱ならば心得ているだろう。下手に他の老中を加えれば、収まるものも収まらなくなる。彼らには、結論が出てから報告すればよい。

正之は今の老中たちのそれぞれの能力、性格、さらに彼ら間の力関係まで全てをつかんでいた。

それから半月ほど経って、頼宣が紀伊和歌山から江戸城に登城した。一通りの用事を済ませると、御三家筆頭の部屋で、兼ねて申し入れてあった、信綱を迎えた。

信綱は挨拶を終えるとすぐに「本題」に入った。

「世を騒がした由井正雪一味はことごとく捕え、首謀者を磔にしたほか処刑するなど処分し、根は断ちましたが……」

「そのことよ。根は断ったと言い切れるかな。騒動の原因は何か、まだ解明できていないのでは…」

頼宣が言葉を続けようとしたときだ。

「実はその正雪一味を取り調べましたところ、このような紙が出てまいりまして」

頼宣の言葉をさえぎるように言うと、懐から一枚の紙を取り出し、頼宣の面前に広げた。

「?!」

言葉の端を折られた頼宣は、一瞬、顔をしかめたが、目の前の紙を見て驚いた。

「これはわしの印章文書ではないか?」

そう言うと、紙を手に取りじっと見つめた。

信綱は、この後、頼宣が何と言い訳するか、ある種の期待を持って見つめていた。

「ふーむ、実によく出来た偽物であるな」

頼宣は本当に感心したように唸った。

ここまでは信綱の予想した通りの応えだった。その後だ。頼宣の口から出た言葉は、信綱の全く予想外のものだった。

「のう、伊豆守。この印章文書が外様大名の加勢する偽物ならともかく、わしの名前を騙った偽物を使うようなら、天下は安泰である」

と言うと高笑いした。

たとえ偽物でも外様大名の名前だったら、騒ぎはもっと広がっていただろう。自分の名前なら本気にするものは少なく、騒動も小さかったのだ、と言いたかったのだろう。

それほど自分は徳川幕府に忠誠を誓っているし、世間でも認めているという自負があったのだ。

この言葉で信綱はそれ以上、追及出来なくなった。頼宣詮議はこれで終わった。偽物と分かった以上、頼宣への疑いは晴れた。

この件が松平信綱の「策」としたら、彼の全面敗北であろう。しかし、必ずしもそうはならなかった。頼宣は頭脳明晰な男だった。この印章文書は偽物と笑い飛ばしたものの、この背景に信綱の策謀を嗅ぎつけた。自分が今の幕閣にとって煙たい以上の存在であり、これからも何かにつけて自分を排除する動きが出てくるに違いない。

危険を察知した彼は、自ら申し出て江戸城内に留まり、二か月にわたって謹慎した。

さらに紀州和歌山に帰った後も、江戸には一度も出仕せず、家督を息子の光貞に譲り、自らは南龍院と名乗り隠居した。

信綱の思惑は結果的に成功したと言える。


初冬の冷たい雨が本丸御殿の屋根を激しくたたいている。

本丸御殿の各部屋には、最近になって強まる寒さに暖をとるための火鉢が各部屋に置かれていたが、正之のいる「溜めの間」にはまだ置かれていない。

――会津の冬の底冷えの寒さに比べれば、江戸の寒さなどどれほどのことあろう。

彼が藩主を務める会津地方は、磐梯山を含め周囲を山で囲まれた盆地で、みちのくの中でもとりわけ冬の寒さは厳しかった。

――もう、会津は雪が降り始めたろうか　冬の備えは済んだろうか。

本格的な冬になると会津は背の丈より高い、六尺を超える雪が積もるのだ。

今年は春に家光の死と言う重大事があって、会津に一日たりとも帰っていない。そもそも山形から会津に転封になり、当時の家光から江戸詰めを言い渡されて以来、正之は年に数回、合わせてひと月分も会津に帰ることはなかった。

藩の治世は、高遠藩以来彼の片腕ともなっていた保科民部正近が、城代家老として実質的に藩政を担っていた。

正近は保科一族の中で最も優秀な人物と言われ、高遠藩以来、山県藩に移った時も、会津に転封した時も、正之は正近を引き連れてきた。正之が全幅の信頼を置いていた人物である。正之は正近の報告を受け、指示を与えるだけで、ほとんどは幕府の政に忙殺されていた。

思いは幕政のことである。まだ昼前だと言うのに、雨で薄暗くなった部屋で明かりもつけずに、正之は由井正雪事件のことを考えていた。巷では、騒動が収まった今でもとかくの噂が絶えなかった。

一つは「正雪一味は尊王の志から討幕を目指した」という説。天皇と幕府の関係は幕府と後水尾天皇以来の軋轢《あつれき》が続いており、今の天皇である後光明天皇は幕府に対して強い不満を持っていた。自ら「楠正成の後裔」と称し尊王を標榜していた正雪が天皇の復権を目指して乱を起こそうとした、というもの。

確かに、幕府と天皇の関係は好ましくはなかったが、もはや朝廷にその意思はなく、また、朝廷と正雪ら一味とを結び付ける証拠は一切見つかっていない。

さらに、十数年前の「島原の乱」の再現と見る向きもあった。丸橋忠弥を取り押さえる際に、奉行所は「耶蘇を取り締まる」を口実にしていたことから、そのような噂が出たのだろう。

正雪の「遺書」なるものも出てきたという噂もなかなか消えなかった。そこには大老酒井忠勝を名指しで上げ、「今の政が庶民を困らせている全ての原因は、酒井忠勝の無慈悲な御政道にあり。忠勝に天誅を下すための謀反である」と激し言葉が書かれているというのだ。

もちろん、そのような遺書は存在しない。ただ、由井正雪事件の二週間前に起きた松平定政事件で、幕府は深くその原因を調べようともせず、「狂気の沙汰」と切り捨てたことで、幕府の政に不満を持つ人々の思いが、「遺書を書かせた」のだろう。

正之は、どれももっともらしい噂に過ぎないと考えていた。どんな政権でも、政権に対する不満はある。多くの人に喜ばれる政も、一部の人にとっては不満の種になる。民の声を聞いて政は行わねばならないが、時には、政権の安定を考えて民の嫌がることもしなければならない。

それが政であると正之は信じていた。

ただ、民の不満の中に、政権の根底を揺るがす問題があれば別である。今度の正雪事件の背景には、もっと大きな不気味な原因があるような気がしてならない。それは正雪個人ではない。彼の塾には、千人以上の人間が集まっていたという。しかも、大坂、京都と全国に広がっていた。

それだけの賛同者が集まった原因は何か。とても「狂気の沙汰」では済まされない。この原因を正しく把握しなければ、徳川幕府の安定はない、とまで思うようになっていた。

苦い思い出

家臣の片桐善右衛門が正之の江戸上屋敷に報告を持ってやってきた。

善右衛門は、かつては正之が藩主を務めた山形藩の前身、最上藩の藩士だったが、山県藩になったときに浪人となり、正之が入封した後に召抱え、家臣に登用したのだ。

正之はこうした人材登用を多くとりいれていた。正之が山形藩に移封される前、藩主は鳥居忠恒だったが、若くして死去。子がなく後継者もいなかったことから改易され、高遠城に移封されていた。

その時に大量の浪人が出たが、正之はその多くを改めて召し抱えている。彼らはその後正之が会津に転封された時も、ともに移ってきていた。善右衛門もその一人だ。

年齢は四十歳を過ぎたあたり。中背で引き締まった肉体に、陽に焼けた色黒の肌。やや面長な顔の中に意思の強そうな高く強張った鼻と、鋭い眼光は、人を寄せ付けぬ険しさがあった。だが、人柄は顔に似合わず柔和で誠実だ。

「殿よりお申しつけの件、ほぼ二月かかりましたが、仔細に調べましてございます。本日はその結果を御報告に参上いたしました」

正之は、正雪事件の原因を一向に調べぬ老中たちの姿勢に納得がいかず、自ら家臣を使って調べさせていた。

「これからご報告申し上げることの中には、御政道批判につながることもございますが、これが民の声に相違なく、御聞き苦しさはご容赦願います」

仔細を言う前に、善右衛門はきっぱりと断りを入れた。こういうところが彼の誠実さである。

正之はすでにそれなりの覚悟を決めていた。黙ってうなずくと、話を促すように顎を上げた。

「まず、私は今回の企てに加わった者たちのみならず、正雪の軍学塾に集まった人々の素性を調べました。

正雪の軍学塾の塾生はもとより、塾に一度でも通ったものを合わせると千人を超えておりましたが、大名の家臣など武士が約三割、商人などは一割にも満たず、残りはすべて浪人たちでございました。

さらに私は、そのうちの何人かの浪人たちの関係者に会い、彼らが日頃どのような生活をしていたかをつぶさに聞いて回りました」

そこで彼は一息ついて、彼は何かを思い出して深いため息をついた。

「いずれの者たちも悲惨な生活でございました。ある者は妻と子ども二人を抱え、暗く狭い裏長屋の一間で暮らしておりました。彼は仕官の道なく、生活の糧は妻の針仕事、それもひと月に一、二着の洗針の注文がある程度、とても生活を支えられるほどの収入はなく、彼も傘張りなど内職に精を出しているものの、それも小使い銭程度。

元はと言えば、さる西国の藩の組頭を務めておったそうですが、藩主が死に、世継ぎがいなかったためにお家は断絶。藩士はすべて浪人となり、彼は江戸に仕官の道を求めて出てきたものの、さして文武に秀でてもおらず、蓄えも数か月の内に使い果たし、今の長屋生活に陥ったというわけでございます」

「浪人たちの全てが彼のようではあるまい」

「確かに、浪人の中には、腕に自信のある者は町の道場の指南役に、はたまた大店の用心棒に、また書に通じるものは寺子屋を開き、近所の子どもに習字を教えて暮らしを食いつないでいるものあり。由井正雪のように軍記物の語り部として、角々の門前で謡って日銭を稼ぐものもあり。

しかし、そのような職にありついたものは、この度の調べではほんの一部に過ぎません。ほとんどが傘張り、爪楊枝削りなどの内職仕事や、口入屋による人足仕事などで日々を食いつないでいる者たちでございます」

「暮らしに困っているからと言って謀反を企てる理由にはならぬ。浪人とは言え、武士は武士。彼らにも武士としての誇りや矜持があろう。

『志』と言う字は、『武士の心』と書く。どんな時も、常に高き志を持ち、人々の範となる行動が求められる。それが武士の心じゃ」

「御尤もにございます。ただ、お言葉を返すようですが、明の諺に『衣食足りて礼辱を知る』という言葉もございます。明日の糧もない、目の前の食事にさえ事欠く彼らに、武士の誇りを問うても、恐れながらそれは無理と言うもの」

善右衛門は引き下がらなかった。

自分もかつては同じ思いをした。将来のあてもなく、ただのその日暮らし、次第に生活も乱れ、捨鉢になっていった自分。あのとき正之様から家臣に召し抱えられなかったら、自分はどうなっていたか。それを思うだけでも空恐ろしくなる。

だから、彼らの気持ちがよく分かるのだ。なまじ自分が武士であることが恨めしくなる時がある。百姓や、商人ならどんな仕事にもありつけよう。しかし、武士とあればそれも出来ぬ。一方で武士の誇りも気概も次第に薄れていくわが身が情けなくなる。

「彼らの多くはまだ三十代、四十代の働き盛りの者たちです。それが、仕官のあてもなく、身を持て余し、よからぬ気持ちを抱くのも無理からぬことかと……」

「故に、正雪の謀反の企てに加わったというわけか」

「確かなことは言えませぬが」と善右衛門は前置きしてから、

「謀反の企てに参加したものはごくわずか。とらわれたものの中には、謀反の意思など毛頭なく、ただ、仕官の道を求めて通っていたものや、何らかの働き口を求めてきたものが由井正雪らの仕官の誘いに乗った、と言うのが真相かと」

「正雪ら首謀者の甘言に乗ったというか」

「御意」

「さりとて、もし、そなたのいうように暮らしの苦しみがあったとしても、それが御政道への不満となり、今回の事件へとつながるとは許されることではあるまい。彼らの暮らし向きの苦しさを御政道に向けるはお門違い」

正之はわざと冷たく言い離した。

「とは言え、彼らに何の咎がござりましょうや！

彼らが浪人になったは、元はと言えば藩主の不始末によるもの。自分の世継ぎを決めなかったり、藩主の親族での争い、お家騒動でお家は断絶。そのたびになんの咎もない多くの家臣たちが路頭に迷うのです」

「御政道批判か」

正之は腕を組み目をつぶったまま静かにつぶやいた。

「言いすぎまして、御無礼を申し上げました。ただ、私の申し上げたいのは、このままいけば、浪人たちの中にはわが身を嘆き、それが今の御政道への不満や、恨みにつながっていくものも増えていくということです。今回は未然に防ぐことは出来ましたが、もし、彼らを扇動する者が再び現れれば、いつ第二、第三の正雪事件が起こらぬとも限りません」

「どんな理由があるにせよ、幕府に対する反抗、規律やぶりには、頑固として厳罰で臨むだけじゃ」

正之の顔が険しくなった。

「しかし、御政道とは常に世を見渡し、常に弱きもの、声なき声を聞き、政を行うものではないでしょうか。弱きものへの慈悲があってこそ民から慕われ、それが信頼となって幕府の権威につながるものと存じます」

言った後、言いすぎたことにはっと善右衛門は気が付いた
「一介の家臣の分際で、出過ぎたことを申し上げました。平にご容赦を！」

畳に顔が擦り切れるほどに彼は何度も頭を下げて、ひれ伏した。

正之は黙って聞いていた。

「弱きもの、声なき声を聞く」

その時、正之の頭の中で声がした。

育ての親、信松院、見性院が幼き頃から何度も自分に言い聞かせてくれた言葉だ。信州高遠でも、義父仁科正光が事あるごとに治世の基本として教えられた言葉である。

「人の上に立つ者は、常に民の声なき声に耳を傾けよ」

義父の口癖でもあった。

こんなことがあった。正之が十五歳の頃、領内見回りのため馬で回っていた時のことだ。田圃で農作業をする百姓に馬上から声をかけた。今年の作柄状況を聞いたり、「困ったことがあったら話してみよ」と。正之にすればこれが「民の声を聞く」ことだと信じていた。

だが、当時彼の教育係だった保科正近が咎めた。「人に話を聞く時は、たとえ相手が身分の低い時でも馬上を降りよ」と。

「人は恐怖心からは絶対に本当のことは言わないもの。

本当の話を聞きたければ、まずその人に寄り添いなさい。心を開いてこそ、本音を話しましょう。民の声を聞けとはそのようにすることです」

今、正之が家臣の善右衛門と話をしているのも、正近のその時の教えによるものだ。

「本当のことを話してもらいたかったら、たとえ相手が身分が下の者でも対等に話せ」

だから、善右衛門の政道批判を言われても怒る気はしなかった。今ここで大事なのは、本当の民の声なのだ。

もう一つ、正之には心に重くのしかかっている苦い思いがある。彼が山形藩主だった頃のことだ。山形藩のとなりの庄内藩の白岩村で百姓一揆があった。度重なる飢饉と藩の苛政に耐えかねて百姓が江戸に直訴したが、幕府は取り合わず、代わりに庄内藩から領地を没収して直轄とした。そしてその処理を山形藩にゆだねた。

だが、これを受けて山形藩では家老らが白岩村に乗り込み、百姓ら三十六人を全員処刑してしまったのである。島原の乱以降、百姓の反乱に敏感になっていた幕府の意向を汲んだ家老の独断だった。後でことの始末を聞いた藩主正之の心には深い傷が残った。日頃「民の声を聞く」ことを治世の基本にしていただけに、「たとえ、結果は処刑することになったとしても、何故、彼らの話を直接聞けなかったのか」と言う深い後悔の念が残った。その心の深い傷は今でも、いや一生涯消えることはないだろう。

「そちの言う通りであろう。分かった。よく実情を調べてくれた。礼を言うぞ。江戸城の中に居ては、世間の実情に疎くなる。そなたの意見、この正之、粗末には扱わぬぞ」

「もったいないお言葉、恐れ入ります」

善右衛門が引き下がっていった後、正之は時間のたつのも忘れて考えていた。女中が明かりを付けたときにはじめて部屋の外がすっかり漆黒に包まれていたことに気が付いた。

「夕餉の支度が出来ておりますが、いかがいたしましょう」

女中の問いかけも聞こえなかった。

「放ってはおけぬ」

巷に溢れる浪人たちのことである。武士としての誇りや意地、武士としての矜持が失われた時、彼らはただの凶器を持った無頼者に変貌する。

今の幕府の武断政治を続けていく限り、こうした無頼者は巷にますます溢れていくだろう。

このままでは、彼の言うように、第二、第三の正雪事件がいつ起きないとも限らない。

徳川幕府は江戸開府以来、政権の安定を図るため、強力な大名統治策を続けていた。

江戸初期わずか五十年余りで百三十一家、石高にすれば千五百万石以上が改易された。これに伴い、主を失った武士、すなわち浪人が世に大量に〝吐き出された〟

当時の浪人の正確な数は分からない。ただ、大名は、一万石当たり平均で百五十人の家臣を抱えていたから、千五百万石と言うことは二十二万人以上が巷にあふれたことになる。

ある資料によれば、徳川家光末期のころの浪人は全国で四十万人ともいわれている。

彼らは、再び仕官の道を求めて、移封されてきた新しい藩に召し抱えられるものもいたが、既に戦国の世は終わり、どの藩も苦しい財政事情もあって、多くは浪人生活を余儀なくされた。

そのうち、武士の身分を捨て百姓になるものもいたが、仕官の道を求めて、江戸に多くの浪人たちが集まってきた。当時の江戸の人口は三十万人前後、そのうち浪人たちは四万人を超えるまでに膨れ上がり、最早江戸の社会問題にまでなっていた。

幕府もこの現状に手をこまねいていたわけではなかった。不穏な動きを見せた浪人たちを厳しく取り締まった一方で、老中、阿部忠秋の発案で江戸深川に「人足置場」が設けられ、浪人たちの働く場を紹介、今で言う「職安」である。だが、江戸に集まる浪人の数に比べ、とても彼らの生活を満たす規模ではなかった。

今や幕府の権力は絶大であり、幕府に刃向う大名はなく、いやその兆しさえ見えない。家光の時代になって、長期安定政権を確立しつつあった。その足元でまさかの浪人たちの反乱。正之は、盤石に見えた土台に大きな罅《ひび》が隠れていることに恐怖した。

兄家光の臨終に際して託孤の遺命を受け、我が一命をかけて徳川宗家のための身を捧げる誓いをした正之。徳川宗家を守るためにはこの危機を何とかして乗り切らねばならない。

――これ以上浪人を増やさない策は何か。

正之の思考は、政の根本的なところまで及んだ。浪人が増え続けた根本的な原因は、幕府の苛烈な大名取り潰し策にあるのは明らかだ。この改易政策を改めれば、浪人は増えない。

しかし、大名に対する力による恐怖政策は、幕府の統治政策の根本である。これを改めることは幕府そのものを否定することにもなる。これまでの武断政治によって、外様大名をはじめ諸大名の力をそぐことができ、徳川政権の安定をようやく成し遂げたのだ。

だが、それによって街に浪人があふれ、政権を揺るがすような新たな社会不安を生み出している。

――難しい。

正之は「改易政策」と「浪人急増」のはざまで、解決策を見い出せぬまま悩み続けた。すっかり暗くなった部屋の中で、わずかな行燈の光だけが、正之の思いつめた顔を照らしていた。

それは、正之が高遠時代も、山形時代も一度も見せたことのない苦渋に満ちた思いつめた顔だった。

どれだけの時が流れたろうか。　正之はある決意を固めたように、はっきりと眼を開き、目の前の虚空を見つめた。

——そうだ、亡き兄家光様に誓ったではないか。一命を賭して徳川宗家をお守りすると。私の使命は、命を懸けてこの徳川政権を守ること。徳川政権を守るためには、たとえこれまでは必要だった政も改めることが必要だ。徳川幕府が長く続くためにはこれしかあるまい。

それは武断政治からの決別である。これまで「力」によって諸大名を統治していた政策を根本から改めるのだ。それは戦国の世から太平の世に合わせた政策転換である。

とは言え、これまで幕府を支えてきた政策を変えることは容易ではない。将軍家につながる正之とて、当然予想される大老の酒井忠勝や松平信綱をはじめとする〝守旧派〟の反対を押し切れるだろうか……。

——これを踏み切るのは自分しかいない。いや、兄家光に誓った自分の使命だ。

家光からの託孤の遺命を果たさなければならない。

堅い決意と覚悟を決めた正之は、目の前に据えられた冷めた膳にようやく目を落とした。

末期養子

数日後、正之は江戸城中溜りの間に酒井忠勝をはじめ、松平信綱など大老、老中四人を呼び集めた。

「本日皆様方にお集まりいただいた用件は皆様に急ぎご相談したき議がござる」

そう言うと正之はすぐに話を続けた。

「先の由井正雪による事件のことでござる。彼らの陰謀は幸いにして未然に防ぐことが出来ましたが、まだ、幕府には処理していない問題が残っております。

増え続ける浪人をこのまま放っておいては、いつまた今回のような事件が起きないとも限りませぬ。公儀として何らかの対策が必要と心得ます」

正之がそこまで言ったとき、話を引き取るように、大老酒井忠勝が口をはさんだ。

「わしも浪人たちのことを案じておった。務めるべき藩を失い、ただただ仕官の道を求めて、この江戸にやって来る。

このままでは江戸は野良犬のような浪人たちであふれるばかりだ。江戸の治安を守るためにも、彼らを江戸から追い払うべきであるとわしは考える」

忠勝は自信たっぷりに主張した。

一同は、納得するでもなく、黙って聞いていたが、

「お言葉を返すようですが……」

阿部忠秋がいつものように落ち着いた声で言った。

「浪人たちを江戸から追放すれば、確かに江戸の治安は取り戻せましょうが、今度は全国各地に浪人があふれます。いわば火種を全国にまき散らすようなもの。却って幕府にとって厄介なことになりましょう」

「それは各藩に取り締まりを任せればよいではないか」

「確かに、それもありましょう。ただ島原の乱が各地で起こることも考えられます」

忠秋は、先年の島原の乱を単に「キリシタンの反乱」だけと受け止めてはいない。当時の島原藩主の圧政に対する農民たちの反乱がそもそもの原因と考えていた。

島原藩の不手際から、幕府はついに松平信綱率いる十万の大軍を九州まで送りこんで騒乱を鎮圧したのだ。あのようなことは二度としたくない、してはならぬ。忠秋のみならず、幕閣の誰もが抱いている後悔である。

「ではどうすればよいと言うのか。このまま増え続ける浪人たちをこのまま放っておくというのかな」

「ですから、彼らに働き口を作るのです。働く糧を持てば、よからぬ企ては抱かぬようになりましょう。それに、彼らの力を使って、江戸の町づくりを進めれば、一挙両得でもありましょう」

「すでに人足場を設けているが、その数は多くはないと聞く。巷に溢れる無頼の徒は減ってはおらぬ。それより、力を持って処することこそ肝要と心得る」

武将上がりの酒井忠勝にとって、政は「力」を持って行うというのが〝政治哲学〟なのだ。

「力を持ってする政は長続きしませぬ。最初は恐れて従いましょうが、恐怖はやがて不信感となり、不満や疑心暗鬼を生み、ついには反抗に至る、〝窮鼠猫をかむ〟の例えでござる」

正之が諭すように言った。

「幕府は猫ではない。虎にならねばならぬ。虎には鼠も食いつかぬ。幕府は虎の力を持って、この五十年もの間政権を維持してきたのじゃ」

「〝苛政は虎より猛なり〟という言葉もございます。確かに力こそ権力の源でしょうが、これからも徳川幕府をより安定した強固なものにするためには、民の生活を豊かにし、安心して暮らせる環境を整える。それにより幕府への信頼を得ることこそ、徳川幕府の安定につながるかと、考えまする」

正之は信念を述べた。

「それは甘い。失礼ながら中将殿はまだお若く、幕政の経験がないゆえ、そのような甘い考えをなさる。

諸大名を甘やかせば直ちに規律は緩むか、幕府に対してよからぬ企てを考えるもの。やはり幕府の大きな力があってこそ秩序は守られるというものでござろう」

「それはこれまでのこと。諸藩が力を競っていた戦国時代はまだしも、戦のない泰平の世になれば、おのずと政のやり方は変わるというもの」

二人とも持論を展開して譲らない。

その場には気まずい雰囲気が漂っていた。

「伊豆殿はどのようにお考えか」

これまでなにも発言しない松平信綱に向かって、忠勝が救いを求めるように聞いた。

信綱は、二人の話をほとんど聞いていなかった。

彼は事の是非はあまり考えない。幕府の方針が決まれば、その実現に向かって、最も効果のある方法を見出し、タイミングを図り実行する。政は「機知」と考えている。

そんな彼にとって、いまここで関心があるのは、これから幕府の方針を決めるのは誰かということだ。これまでは、家光だった。

彼の絶対的な権力のもと、家光が何を考えているか、いち早く察知し、その実現のためにあらゆる知恵を絞る。自分の才能を十二分に発揮させてくれる権力者こそ彼が望むことなのだ。彼は今で言う「典型的な官僚」なのだ。それも極めて有能な。

だがこれからはどうか。普通なら次期将軍家綱ということになるが、彼はまだ十一歳。どう見ても絶対的な権力者ではない。自分の才能を十二分に発揮させてくれる人物は誰か。

この場を観ている限り、忠勝ではない。正之である。彼はこれまで、正之のことを単なる家綱の後見人と考えていた。政はすべて大老を始め我ら老中で決定する。正之はいわば〝助言者〟に留まると思っていた。

しかし、先ほどから正之の言葉を聞いている限り、政の根本、幕府の政策に深くかかわって来ることになろう。幕府の権力者に正之は収まろうとしている。

それならば、自分の権力者はこれからは正之となる。

「幕府の力を弱めず、これ以上浪人たちを増やさぬ方策でござるな」

方針が決まれば、信綱の頭は急速に回転する。

暫く黙って考えている風だったが、やにわに口を開いた。

「いかがでござろう。これまで通り、幕府の改易政策は変えないものの、末期養子の禁を解いてはいかがと」

一同は唖然として信綱の方を向いた。

「なに、末期養子を認めるとな？」

忠勝が意外なものを見るように信綱の顔を見た。

「お家騒動、藩主の不始末など藩の政の不手際にはこれまで通り厳しく対処すべきと考えまするが、末期養子の件はいささか厳しすぎるかと。

これを認めれば、改易は少なくなり、これ以上浪人たちが増えることもございません」

大名の相続はあらかじめ嗣子（後継者）を幕府に届けられていなければならず、藩主の死の直前に養子を定めることは認められていない。当然藩は取り潰しとなる。藩主の早世によって、嗣子が存在しない場合もあるが、多くの大名は正室との子、嫡子を後継者にしたいと思っている。

正室に子が出来ない場合、側室などとの間に出来た子どもを後継者にすることになるが、その後正室に子が生まれ、これがお家騒動のもととなるため、出来るだけ正室との子が出来るまで、嗣子を決めない場合が多い。そのうちに藩主が病になり嗣子も決まらないうちに亡くなってしまう。

徳川三代の間、断絶など改易は百三十一家に及んだが、この末期養子の禁による「無嫡改易」が実は全体の四割を占めている。

「大名の藩政の不始末はこれまで通り厳しく処分するが、大名の御家の事情にも配慮する。幕府の大名への恩情を示す、妙案と存ずる」

政を「世間の評判」に重きを置く阿部忠秋が我が意を得たりとばかりに明るく言った。

「しかし、末期養子を認めるとなると、大名の家系が乱れることになる。藩主の乱れは藩の乱れ、しいては国の乱れとなろう」

謹厳実直な忠勝らしい反論だ。

「それは杞憂でござろう。大名にとって世継ぎはいずれにせよ藩を存続させる大事な政策。いい加減な気持ちで決めることはござらぬ」

議論はなかなかまとまらなかった。

だが、正之の心は決まっていた。

「皆様方のご意見はあらかた伺い申した。後は、掃部守（井伊直孝）殿にもご意見を伺って、決めたいと存ずるがいかが？」

議論は出尽くしたと判断した正之が言うと、

「お任せいたします」

その場の空気を引き取るように忠秋がすぐに応えた。忠勝一人まだ言い足りないように顔をしかめたが、信綱、忠秋、松平乗寿の三人は頭を下げた。それを見て忠勝も渋々頭を下げた。

その数日後、正之は井伊直孝を自分の部屋に呼ぶと、由井正雪事件を契機に表面化した浪人問題を解決し、政権安定のための政策転換の必要性などを事細かく自分の考えを説明し、意見を求めた。

正之が考えを述べている間、直孝は鋭い眼光でじっと正之の顔を見詰めていたが、正之の話が終わると、即座に応えた。

「それでよろしかろうと存ずる」

たった一言だった。

直孝は、もともと今の「力による政」には異論があったが、それより家光死後の政権に不安を抱いていた。

強力な独裁者の家光の死後、大老始め老中の彼ら幕閣は、わずか十一歳の幼少将軍を抱える徳川政権を必死になって守っているのは確かだ。その苦労は並大抵なものではないだろう。

「政は力」の酒井忠勝、「政は機知」の松平信綱、「政は世論」の阿部忠秋、三人三様で、それぞれに「一長一短」がありながら、互いの個性を発揮し補完し合って徳川幕府を支えている。

ただ三人に共通して欠けているのは、「大局を見る目」である。目の前の難問には乗り越える知恵は発揮できても、時代の流れを先読みする智慧はない。

彼らを責めているのではない。それは将軍が持っていなければならない資質であり、徳川家康はもちろん、二代秀忠も、三代家光も持ち合わせていた。しかし、幼少の四代家綱に望むべきもない。

「大局観」とは時代の表層的な流れを読むだけではない。表に現れない底流の変化を見抜く洞察力である。

直孝は、正之にはその資質があると見た。彼は浪人の反乱をただの不満分子による騒ぎではなく、徳川政権を支えている武士の変容を感じたのだ。

流れを読み決断する。安易に決断してはならない。決断とは忍耐である。

始祖家康は、天下取りにあたって何回も機会があった。

しかし、家康は耐えた。最も確実に天下を取れるときを待って、耐えたのだ。その間周到に準備を重ね、時を待った。決断は遅くてもいけないが、早くても失敗する。絶好のタイミングを見究める判断力が求められる。

直孝は、これまで家康、秀忠、家光の三代に仕えた経験から、統制者に必要な資質は「大局観」と「人格」だと思っている。「時の流れを読み、揺るぎない明確な方針を打ち出し、部下を使って実行する。方針がぶれないから部下は安心して命令に従う。「大局観」と部下の信頼に裏打ちされた実行力という「人格」こそ、為政者が備えていなければならぬ資質なのである。

神君家康公はもちろん、秀忠様も、家光様もその素養は十分備えていた。直孝は、正之のことを日頃からその清廉潔白な態度や、的確な判断力などから人格者として認めていたが、今、正之の話を聞いていて、時の流れを見詰め、明確な方針を熱っぽく語る姿に、将としての器を確信した。

「有難うございます。では、末期養子の件、老中らに伝え、直ちに全国の大名に発令いたします」

正之は、深々と頭を下げて礼を言った。

その姿を頼もしそうに見つめる直孝の優しい目があった。

掃部守が部屋を出て行った。

茶坊主が茶を入れ替えに部屋に入ってきた。

新しい茶を口に含んだ正之は「これで良かったのか」と一人自問自答した。

「末期養子の禁を解くことで、これ以上多くの浪人たちが巷に溢れることはなくなるだろう。何より、諸国の大名たちは幕府の措置を歓迎するだろう。これまでのような幕府による諸大名への恐怖政治ではなく、これからは諸藩と幕府の間で信頼関係を築き上げることが政権の長期安定につながるのだ」

思い出す。

——信じよ。さすれば今度は相手が信じてくれる。

高遠藩で彼の教育係だった保科正近の教えだ。民の信頼を得るには、まず為政者から民を信ずることだ。

だが、とも思う。

——これで浪人たちはこれ以上増えないだろう。だが、危惧するのは浪人も含め武士の心のありようの変化だ。近頃の旗本、御家人たちの粗暴なふるまいはどうだ。本来戦で戦うことを本分としていた武士が、泰平の世になってその行き場に迷っている。

泰平の世になることは為政者にとって喜ぶべきことだが、本分を失った武士の心が崩れかけている。

「志」とは「武士の心」と書く。志を失った武士とは、武士ではなくなることを意味している。

武士に泰平の世に合った志、矜持をどう作り上げるか、これこそ徳川政権を守るために最も必要なことではないか。
正之の心は再び暗闇に引きずり込まれた。

明暦の大火

その年、明暦三年（１６５７）の正月は例年になく厳しい寒さで年を明けた。上野不忍池にいつもよりひと月以上早く氷が張ったと江戸中で話題になった。おとそ気分も開けた七日の飾り納めのころには江戸の冬特有の上州空っ風が街を吹き荒れた。

前年の師走から江戸では雨がひと月以上一滴も降っていない。もともと粘土質の関東の土地はすっかり乾ききっていて、風が吹く度に土ぼこりが烈しく舞っていた。

「こんな日に火事でも起きたら目も当てられないぜ」

人々は挨拶がわりにこんな言葉を交わしていた。

正月は過ぎたが、どことなく華やいだ気分がまだ街に漂っていた一月十八日正午ごろ、本郷丸山町の本妙寺より出火すると、火の粉は折からの西からの空っ風に煽られ飛び火し、東側の日本橋へ、さらに佃島、深川、本所へと燃え広がり、瞬く間に江戸の東側一帯の商人町をことごとく焼き尽くし、翌十九日早朝に収まった、かに見えた。

ところが翌十九日、昼ごろになって、今度は小石川の鷹匠町から出火し、やはり激しい風に火の粉は舞い上がり、水戸藩の屋敷を焼いた後、今度は火の手は駒込より東北へ、一方は南側の芝まで広がり、武家屋敷、町家を燃え尽くした。さらにその夜には麹町より出火、これまで火事で焼け残ったところもことごとく焼き払い、ついに江戸城まで火の手が伸びようとしていた。

もともと江戸は大火の起き易い街だった。徳川家康が江戸に幕府を開いて以来約五十年、将軍様の御膝元として、凄まじい繁栄を遂げていた。

開府当時の江戸は江戸湾が深く内陸に切り込み、浜辺には葦が深く生い茂る小村で村民は数える程度。それが徳川家康の関東移封以来、土地の埋め立て工事を押し進め陸地を広げる一方、江戸城の築城から、各藩の大名屋敷、さらに商人町へと都市としての機能を築き上げていった。

商人や職人などは始めは家康が〝地元〟三河から連れてきた人々だけだったが、江戸の繁栄とともに全国から職を求めて商人たちが集まり、三代将軍徳川家光の末期には江戸の人口は府内だけで三十万人を超えていた。

だが、江戸の町づくりは決して計画的ではなかった。というより町の発展に伴う人口の急増に対して、全くと言っていいほど野放図だった。江戸城周辺に各大名の武家家屋敷が立ち並んでいたが、相次ぐ大名の改易によって、屋敷の移転や拡大、縮小による屋敷の建て替えが行われ、毎年地図が塗り替えられるほどだった。

日本橋、浅草などの商人町はさらに混迷を深めた。街の賑わいとともに継ぎはぎ的に町屋が建てられていった。道幅は狭く、空き地などほとんどなかった。建屋はもちろん木造で、瓦屋根の家は珍しく、多くは板張りの屋根であった。

屋根まで含めた板張りの建屋に火が付くとひとたまりもない。まさに「火にマキを投げ込む」ようなもので一気に燃え盛る。

この当時、まだ町火消しのような組織的な消防体制はない。せいぜい大大名に「大名火消」という組織があっただけ。それも町の火消はせず、自分の屋敷の火消し作業だけ。

だから、いざ火事になると人々は火が収まるまで見守るしかない。火の粉が移らないよう家に水をかけたり、建屋を潰して延焼を防ぐぐらいで、燃え尽きるまで待つしかないのである。


「天守に、天守に火の手が入りましたぞ！」

江戸城本丸御殿の廊下を慌ただしい足音を立てながら小走りにやってきた茶坊主が、老中の間の前の廊下にしゃがみ込むと息も絶え絶えに叫んだ。

部屋の中ではすでに昨日から四人の老中と保科正之が額を合わせて次々に入って来る江戸府内の火事の情報を集めながら対策を練っていたが、その声にはっと身を起こすと互いの顔を見渡した。

十八日の本郷丸山町に始まった大火以来、江戸城では火事に対する厳戒態勢を敷いていた。江戸城内への飛び火を恐れたのはもちろんだが、火事に乗じて江戸城へ反乱分子が侵入する恐れがあったからだ。

江戸城正面の大手門の橋の前には武装した兵が数百人、鉄砲や槍を抱えて警護にあたっていた。城内の三の丸、二の丸の堀端には、全国の譜代大名で構成された武装した集団がそれぞれ詰め、火と騒乱に対する物々しい警戒態勢が続いている。城内の小さな小屋という小屋はすべて引火を恐れて壊されていた。

そこまで用心しながら、火は思わぬところに飛び火したのである。

――ついに天守にまで……。

恐れていた最悪の事態が現実になった恐怖に一同顔が青ざめた。

「して、様子は、仔細を申せ！」

酒井忠勝が、不安を押し殺すように問い詰めた。

「聞き及んだところによりますと、天守二層目の窓がつむじ風で自然に開き、これが火を吸いこんだため、天守閣が火焔に包まれたとの事！　さらに炎は上層に燃え上がっておりまする！」

「火消は何をしておる。早く消し止めよ！」

無理だと分かっていても、気持ちが言葉に出る。

江戸城の天守閣は高さが三十間（約六十メートル）もあり、水を撒くとしても、上に燃え上がる火を下から消すことは出来ない。せめて階下への延焼を防ぐしかないが、木造の建物では火の勢いが烈しくて難しい。

「それより、天守に火が入ったとなれば、この本丸御殿も危ないことになりましょう。急ぎその対策を講じなければなりますまい」

阿部忠秋が、はやる忠勝を抑えるように話を継いだ。忠秋はいつも冷静だ。時にはそれが他人事のように聞こえることもあるのだが。

「ごもっとも。まずは、最悪のことを考えねばなりますまい。本丸御殿が全焼することも考えなければ」

信綱はすでに次のことを考えていた。

部屋の外がにわかに騒がしくなった。何やら声高に叫ぶ者たちや、廊下を走りだす者の袴がすれあう音が響く。日頃は城内では見られぬ物音に、厳格居士の忠勝が厳しい目を部屋の外に向けた。

だが、忠秋が外の騒がしさを無視するように皆に向かって静かに言った。

「となれば、まずわれわれが考えなければならないのは、将軍様をお守りすること」

誰もが考えていることを代弁した。

「本丸屋敷に火が入ってからでは遅すぎる。すぐに将軍様をお移ししなければなりませぬが……」

――さて、どこに移すか。

議論はそこで止まってしまった。

誰も、適当な場所が見当たらないのだ。

江戸府内は今どこでも火災に見舞われている。将軍を守る絶対安全な場所などどこにも見当たらない事は誰でも知っている。しかし、このまま将軍を本丸に置いておくことは出来ない。江戸市外に移すことも考えたが、今からではたして無事に市外まで抜け出せるか。

それに警護の問題もある。

つい数年前、由井正雪ら浪人たちによる幕府転覆計画。未然に防ぐことは出来たが、彼らの企てには「江戸府内に火を放ち、混乱の中で、幕府要人を暗殺」というものだった。

状況は今とそっくりだ。将軍が江戸城を出たところで襲われたら、混乱の中で守りきれるという保証はない。

誰もが腕を抱えて黙ってしまった。

そのときだ、部屋の外で遠くから叫ぶ声が聞こえた。

「大奥の屋根に火が入りました！　中奥にも及ぶのは時間の問題かと。皆様、御用意召され！」

皆が再び顔を見合わせた。今度は、先ほどより切迫した表情だ。もう議論している場合ではない。

「将軍様を我が屋敷にお移り願おう」

そう言って、にわかに立ち上がったのは酒井忠勝だ。この徳川家への忠誠心が人一倍強い老将は、居ても立っても居られない様子で叫んだ。

皆は黙っていた。賛意を示すでも、反対するでもなかった。分からないのである。

暫くして忠秋が口を開いた。

「讃岐守様の上様を思うお気持ちはよく分かり申す。されど讃岐守様の御屋敷は大手門前。江戸城の中といっても過言ではありますまい。それでは上様を安全な場所に移すことにはならないのでは」

「それは分かっておる。されど、上様をこのまま御殿におくわけにはいかぬ。いったん我が屋敷にお移して、しばらく様子を見てから、安全な場所へお移しすればよい。今は一刻も早く上様をこの江戸城から離すことが肝要」

「であれば、少し離れますが、寛永寺がよろしいかと存ずる」

と言ったのは信綱だ。

「寛永寺なら上野の山で森に囲まれておりまする。不忍池もあり、容易に火も移らぬところ。なにせ寛永寺は家康公をはじめ、先代家光様が眠る徳川家の菩提寺。家綱様が移るにふさわしき所かと存ずる」

いくら火急のこととて、将軍が家臣の屋敷に〝逃げる〟というのは拙い。それより、徳川家の菩提寺なら問題はなかろうという、信綱らしい「妥協策」だ。

老中一同が納得したようにうなずいたときだ。

「それはなりませぬ。上様をこの江戸城から市中に出してはなりませぬ！」

それまで黙っていた保科正之が厳しい口調で叫んだ。

普段物静かな正之の異常な激しさに驚いた一同は、正之の顔を一斉に見詰めた。

「将軍はわれら武士のいわば総大将。総大将が例えゆかりの菩提寺にせよ、江戸城を抜け出したとなれば、江戸の者たちはどう思うか。

将軍様までも城を逃げ出したか、と動揺し、この火事にますます不安になり、一層市中の混乱を招くこと必定。将軍、ひいては幕府に不信感が募り、政にも支障をきたしましょう。

この火事は戦と同じ。敵がたとえ目前に迫っても、総大将はむやみに自陣を動いてはならぬのです」

確かに正之のいうことは尤もである。しかし、本丸御殿に火が入ったのである。将軍家綱の命に危険が迫っている。

「しかし、このまま家綱様を本丸御殿において置くわけにも参りますまい」

忠秋が切羽詰まった声で正之に問いかけた。

「確かに、このまま本丸に居るわけにはまいりますまい。急ぎ西の丸にお移ししましょう」

「西の丸?!」

老中一同一斉に声を上げた。

「左様、皆様ご存知のように、西の丸はこの本丸御殿との間に蓮池掘を挟んで西側にござる。本丸との距離も百間以上ござる。今すぐ西の丸の大奥を取り壊せば、さらに距離は離れましょう。今回の火事、風は西寄り。その意味でも本丸の西にある西の丸には火の手が移る危険性は少ないと存ずる」

「それでも西の丸が焼けたら？」

「その時は、焼けた本丸跡に急ぎ仮住居を立て、将軍様をお移しすればよい。いずれにせよ、将軍様をこの江戸城から出してはなりませぬ」

西の丸は江戸城築城の際、本丸に次ぐ拠点として築かれた。二代将軍徳川秀忠当時は、駿府に居を構えていた大御所徳川家康が江戸に出府したときの住まいとして、そして秀忠が家光に三代将軍を譲った後に大御所としてこの西の丸を住まいとしていた。さらに、三代家光時代には、嫡子家綱が幼少期をここで過ごしている。江戸城でいわば常に時代のナンバー2が住む格の高い住まいなのである。

「下世話では〝灯台もと暗し〟という言葉あるそうですが、まさにその通り。将軍様を江戸城から移すことばかりに気を配っておりましたが、江戸城の中に市中より安全なところがありましたな」

納得したように信綱がうなずいた。

「中将様のいわれる通り、将軍が江戸城を出たと町の者たちが聞けば、幕府への不安不信は高まりましょう。それはこの火事が収まった後、幕府の御政道を脅かす元となりましょう」

忠秋も自分に言い聞かせるようにつぶやいた。「政は民意」と考えているこの男にとって、幕府の動きが市井でどう受け止められるかが重要なのだ。

「そうと決まれば、早速上様を西の丸にお移しせねば」

再び立ち上がった忠勝がそう言うと部屋を出て行った。それにつれて老中の皆はそれぞれの持ち場へと戻っていった。

部屋には、正之だけが残った。

――総大将はむやみに動いてはならぬ。

正之が青年期、武田家遺臣、信州高遠藩の藩主保科正光のもとで育てられていた頃の話だ。正光は「大将の器」として、武田信玄の話を繰り返し語った。

武田信玄は宿敵、上杉謙信との戦いで何度となく信州川中島で相まみえた。何度目かの戦いで、武田側の作戦失敗で、上杉軍が不意を突いて川を渡って信玄の陣屋まで攻め込んで来た。しかし、信玄は一歩も動かず正面から立ち会った。結局、上杉謙信は信玄に一太刀切り込んだだけで引き上げ、勝敗はつかなかった。

「もし、あの時、身の危険を感じて御屋形様がその場から退いていたら、大将を見失った部下は動揺し、我先にと逃げ惑い、味方は大混乱を招き壊滅したであろう。大将はむやみに動いてはなりません。兵は大将の動かぬ姿に安心して戦うのです。

戦の時だけではありません。平時においても、将は家臣の支えとならねばならぬ。大将は自分のことを考えてはいけない。常に全軍の士気を考えていなければならない」

義父の教えだ。その教えがこんな時に生きるとは正之自身全く思わなかった。

――慌ててはならぬ。こんな時こそ、我ら幕閣が落ち着いて冷静に判断せねば。

正之は高遠時代に義父正光から学んだ教えを思い出していた。

「将軍を西の丸へ移し終わった」との報を受けほっと一息ついた正之だったが、休む暇もなく、町奉行から次々に市中の情報が入ってきた。火の手は鎮まるどころか狂ったように江戸府内を燃え尽くしていった。

家に火の手が入り、大した家財道具も持ち出せず逃げ惑う人々。火の中に取り込まれた人々は右往左往して喚き叫ぶ。火が間近かに迫って、耐えかねた人たちは人を盾にして火をよけようとし、煙にむせんで転ぶものもあり
道という道は逃げ惑う人々であふれ、身動きも出来ない状態だった。その上を炎が落ちかかり、うめき叫ぶ声は灼熱地獄に焦がされる罪人の如くであった。さらに、橋という橋は焼け落ち、猛火に逃げきれず、熱さに耐え切れず川に飛び込みおぼれて死ぬ人も数知れず。逃げまどう人々に巻き込まれて押しつぶされる子どもや年寄りたちで町は阿鼻叫喚に包まれていた。人々を巻き込んで火の手は強風にあおられ、さらに東へ南へと燃え広がっていった。

江戸城内も、本丸御殿の各所に次々と火が入り、そこから四方へと広がっていった。城内は火が醸し出す黒い炎が蔓延しあたりが次第に暗くなっていった。人々は提灯を付けて屋敷内を走り始めた。そのうち城内の櫓に置いてある鉄砲の火薬にも引火し、凄まじい爆発音を立て櫓が崩れ落ちていった。最早本丸は成す術もないほど火焔に包まれていった。

しかし、正之はまだ動かなかった。茶坊主が何度も来て「お移りを!」と血相を変えて叫んだが、

無視した。

蔵奉行牧野播磨守が老中部屋に駆けこんできたのは、正之が一人になって間もなくだった。

「火急にお願いしたき事あり。皆様のご指示を承りたい」

部屋に入った牧野は、驚愕すべき事態を告げた。

「このまま火の手が東に広がりますと、公儀の浅草蔵が危のうござる。いかが処置すべきか、老中様の御判断を伺いたく参りました。速やかにお答えを頂きたい」

牧野の顔は青ざめ、ひきつり、声も震えている。

浅草蔵は幕府が直轄で管理する米蔵の中で最大の蔵で、おもに関東、甲信、東海地区の天領から集められた年貢米を貯蔵する〝米倉庫〟である。隅田川沿いに設けられた蔵は五十一棟の蔵が軒を連ね、最大三十万石の米を保管することができる。

これら浅草蔵に集められた米は、御家人、旗本など幕府家臣約二万人の扶持米（給料米）に支給される。まさに江戸幕府を支える人々の「命の糧」であり、その米が焼かれては「幕府の生命線」が切れる重大危機である。

当時、既に新米は昨年秋口から支給されていたが、それでも浅草蔵には約二十万石を超える米が貯蔵されていた。其の二十万石が消失目前だという。

「浅草蔵が危ないと聞いたが、誠か！」

何処からか話を聞きつけて酒井忠勝がいきなり部屋に入ってきた。そしてすぐその後に、伊豆守、肥後守ら三人の老中も顔をこわばらせ不安そうにやってきた。

牧野が先程の話をもう一度一同に話した。

「火の手はすでに蛎殻町から小伝馬町、さらに田原町まで延びております。浅草に及ぶのも時間の問題かと……」

田原町は浅草の眼と鼻の先の隣町だ。早晩浅草蔵に火の手が伸び、幕府御家人たちの〝給料〟が消えてしまう。

「早く川向うへ移せ！」

と酒井忠勝が悲鳴のように叫んだ。

隅田川を隔てた向島なら火の手も及ぶ危険性は薄れる。

だが、浅草には隅田川を渡る橋はない。そこから北へ半里ほど行った千住大橋があるだけである。川向うに移すには、そこまで運ぶしかない。

「移しております。ただ余りに量が多く、火の手も早く全て移すのは無理でござる」

牧野が苦しそうに訴えた。

「ならば、役人をかき集めて、火を食い止めや！」

「もちろんそれもやっております。しかし、江戸中の火事で役人も己が持ち場の火消で手いっぱいで、集まりません。ここは老中様のご決断で人手をこちらに回して頂きたい」

「人手を回すと言っても、そちも見ての通り江戸城も火消しに手いっぱいで、そちらに回す人の余裕はないぞ」

「それではこのまま米蔵が燃えるのを漫然と見ていろと申されるか！」

牧野の声が無念で震えている。

「なにを言う！　我ら老中、浅草蔵の大切さはそちより知っておるつもりじゃ。しかし、人がいないのではどうしようもないではないか」

忠勝も苦しそうに言った。

「とにかく、米を出来るだけ川向うに移すことだ。追って我らも人を探して、浅草蔵に向かわせように」

忠秋がなだめるように言った。と言って忠秋に具体的な算段がある訳ではない。

悔しさを堪えながらも牧野は仕方なく忠秋の言葉に促されるように、部屋を引き下がろうとしたときだ。

「待て、播磨殿。直ちに町内に『浅草の米蔵、取り放題』の御触れを出せ！」

牧野はその言葉に驚いて振り返ると、声のした正之の顔をまじまじと見つめた。老中の皆も同時に唖然として正之を見詰めた。

「恐れながら、中将様は今何とおっしゃいましたか？」

「町の者たちに米蔵を開放するのじゃ」

一息も乱れぬ声であった。

「無謀な！　浅草蔵は幕府の大切な御用米ぞ。それを町人どもに好き勝手に分け与えるとは。幕府の米はどうなる！　御家人たちの米を町人たちに与えよと申されるか！　正気の沙汰とも思えん」

忠勝が憤懣やり方なく叫んだ。

だが、正之は動じない。

「このまま米蔵が焼けては同じことです。浅草蔵には、御家人旗本たちの扶持米の他に、備蓄米もござる。備蓄米とは飢饉など変事に備えて蓄えている米。まさに、今こそまさに大変事、その緊急のときでござろう。町の人々を救う最善の策かと考えまする」

「とは言え、『取り放題』などと御触れを出せば、街中の者は先を争って米を奪うであろう。中には奪い合いの喧嘩も起きよう。この火事のさなか、暴動騒ぎも起こるやしれぬ」

「そうかもしれませぬ。しかし、我が江戸の民を信じましょう。彼らはきっと冷静に行動してくれるでしょう。それに私には腹案もござりますれば……」

「腹案とは？」

そこで正之はにっこりと笑って言った。

「それは後で分かりましょう。それより播磨殿、早く『御触れ』をまわされよ」

正之の毅然とした指示に気圧されたのか、

「いざ承知つかまつった。それではこれで」

と牧野はこれ以上この場に居ても無用とばかりに、部屋を出て行った。

「これは賭けでござるが、どちらにせよ、米をむざむざ火に焼かれるのを見るのは忍びない」

信綱が口惜しそうにつぶやいた。他の老中も苦渋に満ちた顔で下を向いた。

江戸城の炎は本丸屋敷を煙で巻きながら広がっていった。火で焼ける柱や屋根の燃え尽きて倒れる激しい音がこの老中部屋にも聞こえてきた。もうこの部屋にはいられない。正之は覚悟を決めると他の老中と共に部屋を出た。

牧野は正之の命に半信半疑ながら『御触れ』を町中、とくに浅草周辺に看板を出すなど触れ回った。

結果、予想外のことが起こった。

町人たちが先を争って米を奪い合うのではという危惧は〝見事〟に外れた。それどころか、「取り放題の米」を守るために米蔵周辺の火消しに奔走したのである。その数、数千人にも及んだ。

かれらは水桶を運ぶもの、建屋に必死になって水をかけるもの、手元の道具で建屋を引き倒すものとそれぞれに役割分担して消火にあたった。「取り放題の米」を焼いてしまっては元も子もない。まずは火事から米を守ることと判断したのだ。彼らの消火活動によって、浅草蔵に火が入ることはなく、米蔵は守られた。

そして三日三晩燃え上がった火の手は、江戸中をほぼ焼尽くして消えていった。


後日談だが、鎮火した後、幕府は言ったとおり、町人に米を配った。「取り放題」としたものの、火が消えて安心したのか、米蔵から米を奪うものはなく、幕府の配給に静かに従った。災害後の当座の分も含めて一人当たり米一表が配られたが、総量にして二万石にも満たなかった。

幕府にすれば、米蔵を焼かずに済み、二万石は放出したものの十八万石を守ったのである。もちろん御家人たちの給付米は守られた。

正之の見事な判断といえる。

「中将様は、こうなることを始めから確信なされておられたのか？」

鎮火した後のことだが、信綱が尋ねたことがある。

その時正之は、誇るでもなく、

「いや、町の方々の米を守るという必死の思いが火事を消し止めたのです。いざとなると、人々は我欲に走らず、冷静で賢明な判断をするものなのでしょう」

とさりげなく応えた。

——常に民の声を聞け。

義父正光の言葉だ。

「上に立つ者は、民の心が分からねばならぬ。民の心を知るためには、まず民を信ぜよ。さすれば、今度は民が上の者を信じてくれる。信じてくれれば、本当の心を話してくれるようになる」

幕府の生命線である浅草米蔵に火が入ろうというとっさの緊急事態に、正之は「町の人は自分たちの米を守る行動をとる」と信じたのだ。

もし、幕府が「米蔵を守れ」と町民に命令したら、あれほどの町民が集まっただろうか。そしてあんなに必死になって消火活動をしただろうか。自分の身さえ危険な時に「所詮、他人(御家人旗本)の米」と関心を示さなかったろう。

「米蔵、取り放題」としたことで、米蔵は瞬時にして「幕府の米」から「彼ら自身の米」に変わった。だからこそ、「自分の米」を守るために必死で働いたのだ。日頃から民の心を深く考えていたからこそ判断出来た正之の鋭い人間洞察力であった。

だが、「信ずる」ということは容易ではない。今回「米取り放題」という御触れを出したとき、人々が米蔵に殺到して奪い合い、大混乱を引き起こすことは十分予想されたのだ。そうなれば、幕府の力をもってしても収拾は付かず、市中の混乱は想像を絶する悲惨なことになっただろう。幕府の屋台骨さえ揺るがしかねない事態にまで発展したかもしれない。

想像するだけで、身が震えた。

それでも正之は町民を信じたのだ。

「信じる」とは「裏切られることを覚悟して、それでもなお信ずる」ということなのだろう。

——人を信じるとは、なんと難しいことか。

正之は深いため息をついた。

江戸城と城下町

三日三晩の大火で、江戸の市中はほぼ焼尽くされた。

記録によれば、この明暦大火によって焼失した大名屋敷は五百を超え、社寺三百、蔵九千余り、焼け落ちた橋は六十橋、道路の全長二十三里八丁が被害にあったという。焼けた町数は分からないが、まず江戸市内全域といっていいだろう。死者の数も諸書によって違い、ある記録では十万人とあるが、実際は五、六万人とみられる。それにしても、人口三十万人の江戸の規模からすると、膨大な被害者を生んだことは間違いない。

——なんと酷い！

目の前の光景に、正之は慄然として立ち尽くした。

一体どれほどの数だろう。道いっぱいに広がる無数の焼けただれた焼死体。むごたらしいまでに黒焦げて、年齢も、男女の性別も定かでない。建物はすべて焼崩れ、以前の町並みは影も形もなく、見渡す限り焼け野原の廃墟の町のあちこちからは、なお黒い煙が立ち込めていた。

人が殺し合う戦場でもこれほどの酷い姿はないだろう。悲惨を通り越して、恐怖感さえ覚える惨状だった。

火事が収まって五日後のことだ。保科正之は、二代将軍秀忠の祥月命日にあたる一月二十五日、将軍家綱の名代として、徳川家の菩提寺である芝、増上寺に参詣した。

江戸城を出て、屋敷町を過ぎた町並みところで正之が目にしたのは、将棋倒しのように折り重なって倒れて死んでいる人たちや、熱さに耐えきれず着物を脱ぎ裸のまま焼き焦がれた人々。焼け落ちた橋の下には幼子を抱えたまま飛び込んで溺死したと思われる母子の哀れな姿だった。火の勢いの凄まじさを物語っていた。

逃げ遅れ、追ってきた猛火に巻き込まれ、生きたまま焼け死んだのであろう。その顔は苦しみにゆがみ、救いを求めてあえいだ顔のまま。どれもが生き残ろうと必死の形相だった。周辺は人の焼けた強烈な異臭がただよい、風に煽られ正之の鼻を刺激し思わず鼻を抑えた。もし、地獄というものがこの地上にあるとすれば、今、自分が見ている光景のことを言うのであろう。

町は静寂に包まれ、時おり吹く風の音だけがむなしく響く。その音が正之の耳には、逃げ惑う人々の阿鼻叫喚に聞こえてきた。

――どんなに苦しかったろうか。

正之は無念の思いで胸がかきむしられるようだった。

いくら天の災難とは言え、為政者としてなにも出来ぬままこれだけ多くの犠牲者を出したことに悔しさというより、言い知れぬ虚脱感、虚無感に襲われた正之は、激しい悪寒を覚えて身震した。

この光景を前に、一体何から手をつければよいのか。なにも考えられない。ただ、無言のまま、立ちつくすだけだった。

眼を閉じる。

手を合わせる。

祈る。

——何を祈るのか。亡くなられた人々の冥福、それだけでいいのか。

そうではあるまい。生き残った者の誓いではないのか。二度とこのような被害は出さぬと。

火災は防げぬ。しかし、被害を最小限にとどめる手立てはあるはずだ。

眼を開いた。

再び目の前の惨状を凝視した。

「この事実から目をそらしてはならぬ。なんとしても、この江戸の町を一日でも早く立て直さなくてはならぬ。それが我ら幕閣の使命だ」

彼の心の中で復興への覚悟が固まった。

——そなたは自分の幸せを考えてはなりません。人の幸せを考えることこそ、そなたが生まれた使命なのです。

亡き信松院が病の床で正之に残した遺言である。

正之は、江戸城に戻ると、早速、西の丸の本殿に老中を集め復興策を協議した。

誰もが、復興にあたってまず江戸城の修復を第一に挙げた。

江戸城は西の丸こそ罹災を免れたものの、天守閣をはじめ、本丸、二の丸、三の丸の建物はすべて丸焼けとなった。

「このままでは将軍様の生活さえままならず、政も決められん。本丸御殿の再建こそ急務と存ずる」

「火災による政情不安に乗じて不満分子が江戸城を攻めて来るやもしれません。幕府の体制を持ち直すためにも江戸城の守りを固めることこそ肝要」

「江戸市内は武士も町民もこの火災で不安になっている。彼らを安心させるためにはまず、幕府がしっかりせねばならぬ。江戸城の再建こそ第一」

言い方はそれぞれだが、皆の意見は「まず江戸城の修復を急ぐべし」で一致していた。

だが、それまでじっと老中諸氏の話を聞いていた正之が静かに口を開いた。

「江戸の町を一日も早く復興することが我ら幕府の最大の使命であることは、皆様異存はございますまい。ついては、まずは火事で亡くなられた人々の供養が先決でござる」

正之は今日視てきた江戸の町の惨状を語った。

「江戸城の修復はもちろん大事でござるが、まず、江戸町民の不安、恐怖を取り除き、希望を与えることこそ幕府の使命かと。それには先ず第一に一刻も早く亡くなられた方々を供養しなければなりますまい。江戸城の再建も江戸の町の復興もそれがすんでからの話でござろう」

「しかし、事は容易ではござらぬぞ。遺体の数は計りしれぬ。十万人とも言われておりますぞ。幕府の力では集めるだけでも大変なのに、それらを供養する場所となると……」

「それでもやらねばなりませぬ。それなくして江戸の町の復興はありませぬ」

正之はきっぱりと言い切った。

その場に重い空気が漂った。想像するだに空恐ろしい死者の数なのである。

一同は難題に苦慮し沈黙していたが、阿部忠秋がその場の空気を吹き払うように言った。

「江戸の町はどこも焼かれて、裏を返せば彼らを集めて供養する場所はどこでもござるが……」

「しからば、早急に供養する場所を探しましょう。場所さえ決まれば皆の心も定まりましょう」

信綱が手際よくまとめた。

話はまとまった。江戸城は将軍の住まいのほか政に必要最低限の建物を確保することに留め、同時に江戸の町の整備を急ぐことになった。

「江戸の町の再建策でござるが、私から皆様におはかりしたいことがござる。町の再建にあたって幕府が資金を提供しようと存ずる」

一同が怪訝な顔をして正之の顔を見た。また、思いもよらぬ正之の提案である。

「御家人、旗本はもとより、町人たちの家屋敷の再建の資金を幕府が用立てるのでござる。一日も早く彼らの住まいを確保し、生活の基盤を築かなくてはなりますまい」

酒井忠勝がすぐに異を唱えた。

「御家人、旗本は幕府の家臣。幕府が再建資金を与えるのはやむを得ない気がいたしますが、町民まで面倒を見るのは、いささか過ぎたる恩恵ではありませぬか」

「それは違いまする。御家人、旗本も町民もともに火事の被害にあい、全てを失っているのです。御家人、旗本だけに資金を与えるというのは明らかに不備。万人の安泰を願う御政道に反しましょう」

「御尤もにございますが、何万件もの家の再建資金を幕府が提供するとなると、御用金に手を付けざるを得なくなりまするが、それは……」

信綱が幕府の財政に気を使った。

江戸幕府は、開府以来、佐渡をはじめ石見銀山などの鉱区を直轄とし、そこから採掘された金、銀、銅で貨幣を作り、市場に流通させる一方、幕府の御用金として貯蔵していた。その金額は、三代将軍徳川家光時代末期で、三百万両とも、四百万両とも言われていた。

戦に備えての軍資金であり、幕府を揺るがすような変事に対する備えである。

「町人たちにまで資金を出すとなると、大変な金額になり、御用金がなくなる恐れもあります」

「それはなりません。幕府が権力を保っているのは、圧倒的な軍事力、それを支える軍資金があってこそでござる。それが空になっては、幕府そのものが成り立たなくなりましょう」

みな異口同音に異議を唱えた。

「それでは皆様にお伺いしたい。この江戸に町民がいなくなってもよろしいか。江戸城だけが残り、武士だけが住む町にしてよろしいか。江戸城は城下町があってこその江戸城でござろう。

恐れながら神君家康公が、この関東の地に幕府を開いたわけは、多くの人の集まる城下町をつくるためだと推察いたしまする。今ここで、町人たちに手を差し伸べなければ、やがて人の住まない、城だけの町になりましょう。皆様方はそれでもよいとお考えか」

正之は家康が江戸城より江戸の町づくりにいかに腐心したかを知っている。

「中将様のお言葉、御尤もにございます。されど、一方で、幕府に資金の備えなくしては、政権の安定維持は出来かねましょう。幕府にもそれなりの蓄えは必要と考えます」

「時と場合によりましょう。本来、幕府の蓄えというものは、このような大変事に、下々に施与し、民を安心させるためにあり、それによって国家の大慶とするものでござる。

今はその大変事でござる。むざむざと積み増しておくだけでは、蓄えがないのと同じ」

と言い切った。

「住まいの再建資金だけではございません。生活の元は『衣、食、住』と申します。とりわけ早急に必要なのは『食』でござろう。

浅草の米蔵の約束もあり、ただちに米を放出しましょう。炊き出しは町の者に任せる。彼らも腹いっぱいになれば、生きる希望も出てくるというもの。そこからすべてが始まるのです」

もう、重臣たちから異議を唱える声も出なかった。正之の、この災厄を乗り越えるべき政策の根幹がはっきりと見えてきたからだ。堅い言葉で言えば「民生重視」である。まず、民の生活安定である。それによって幕府への信頼を高め、国の安定を図る。言い方を変えると、「江戸城」政治から「城下町」政治への転換である。

幕政は確実に正之を中心に回り始めた。

いち早く、正之の意図を察知したのは信綱である。彼は、この段階で早くも火災処理作業を超え江戸の町の復興計画を考えていた。

――確かに、江戸は火事に弱かった。これからは火事に強い町づくりじゃ。

彼は優れた官僚であり、トップの方針、方向性が分かれば、後はその方針を具体的に、最も効率的に早く実現する手立てを考えるのである。

正之の考えはすぐさま実行に移された。

町にあふれていた死骸は、生き残った武士、町民たちにより集められ、隅田川を超えた両国に集められ、そこに万人塚を設け、死者をとむらい新たに寺が建てられた。現在の回向院である。また、回向院に通うため、隅田川には橋（両国橋）が架けられた。全て幕命で行われたのである。

さらに幕府は江戸町民に米を放出した。市内数十か所に炊き出し場が設けられ、ほぼ三月に亘り、炊き出しを続けたのである。江戸町民がこれを喜んだのは言うまでもない。食が確保され、住まいの建て替えに資金が出るとあって、思っていたより早く町は活気を取り戻した。

幕府は町の復興にあたって松平伊豆守に〝全権〟を委ねたが、彼は見事にこの大役を果たした。彼はまず大目付の北条阿波守正房、新番頭の渡辺半衛門綱貞に都市計画の元となる正確な江戸の地図を作成させた。正確な地図がなくては道路、建物の配置のしようがないからだ。

そして、道路、空き地を確保するための建築制限令を発布、勝手に人々が家を建てられないようにした。江戸の町を一旦幕府直轄の都市として幕府が自ら都市計画を作成したのだ。

第一に信綱が着手したのが、江戸城内に居を構えていた御三家の屋敷を城外に移転したことだ。御三家の屋敷は江戸城の中でも広大で建物が混在し、一旦火が回れば全焼も避けられないほど火に弱かったのだ。尾張家は市ヶ谷に、紀州家は赤坂、水戸家は小石川へとそれぞれ移した。

さらに、大手門わきの濠内にあった老中酒井忠勝の広大な屋敷も城外へ移転させた。大名屋敷の移転はこれに留まらず、江戸城の東から北にかけての土地、常盤橋、辰の口、竹橋、北代町、雉子町などの大名屋敷も移転させ、そこを火除けのための空き地とした。

江戸の町の特徴である北西の季節風（空っ風）から江戸城を守るためだ。

そのほか、江戸城周辺の大名を城から離れたところへ移転させたが、これら大名屋敷の移転は実は大きな意味を含んでいた。

徳川家康は江戸に幕府を開くにあたって、大名屋敷の配置に腐心した。

江戸城の防衛備の意味から、江戸城の北、東側は譜代大名に割り当て、外様大名は城から離れた南側、芝、品川に配置した。風水にこだわる家康は江戸の地勢を考えて、悪い運気の流れ出るとされる南側は外様大名に屋敷を構えさせたのだ。

しかし、今回の火事による江戸再建計画で、徳川家康以来の江戸の大名屋敷の配置は大きく崩れた。幕府の老臣の一部からは激しい抵抗があったが、信綱は強行した。その背景には、江戸開府以来五十年を過ぎ、諸大名の勢力は日増しに落ち、江戸の防備体制を緩めても大丈夫という自信があったことに加え、保科正之から全面的な支持を得ていたからだ。

有能な官僚ほど強力なリーダーの支持を受けると、能力を十二分に発揮するというのは、いつの世でも同じだ。

次いで町屋の再建に乗り出した。炎が江戸市内全域に広がったのは強い西風に乗った面もあるが、町屋が密集していたこと、道幅が狭く火が移りやすかったことによる。

それが逃げ道をふさぎ大量の焼死者にもつながった。町屋の混雑解消と道路の拡張が再建の最重要課題だ。

信綱は、新しい地図をもとに道を定め、道路の幅は通常七間、さらに繁華街の主な通りは十間とした。火事の延焼を遮断する防火線としてさらに道幅が広い広小路を設けた。また、「燃えやすい江戸の町」を払拭すべく、町屋の屋根を土塗りから瓦葺に出来るだけ改めさせた。

町屋の混雑解消であふれた人口を吸収すべく、新たな土地の開拓も急いだ。城下内では木挽町の海岸を埋め立てたり、赤坂、小日向などにも新開地を開き、牛込周辺も開墾して住める場所を広げた。郊外では、隅田川の東側に本所、向島など新しく市街地を拡大した。また、一部町民を郊外の武蔵野に移住し、農業に従事させるような措置も講じたのである。

信綱はこうした新しい町づくりを一手に引き受け、自ら陣頭に立って指揮した。この結果、二月の計画作りからわずか半年余りの後のその年の十月にはその全てが完成し、江戸の町は生まれ代わったのである。

見事な采配である。見事過ぎると言っていい。あまりの幕府の手際の良さに、あらぬ噂が立った。

「あの火事は、江戸の町を改造するために幕府が意図して火を付けたのでは」

という〝穏やかならざる噂〟である。

明暦の大火と言われた今回の火事について、日がたつにつれその原因について江戸の町では幾つかの噂がまことしやかに流布していた。その中に、「本妙寺身がわり」説というのがある。

最初の火元は本郷本妙寺だが、本当は本妙寺のとなりの阿部肥後守の屋敷だったという説。噂の根拠は火元であるにもかかわらず、本妙寺には何もお咎めがなく、その後もその場所にとどまっていたことにある。

それより何より、江戸の町の改造があまりに早く進んだことに世間は驚き、幕府のペースですべて行われたことへの、江戸っ子特有の〝やっかみ皮肉〟と言えるだろう。江戸幕府はこの大火によって御用金が底を突く甚大な財政負担を強いられている。そこまでして自ら火をつける根拠は見つからない。

だが、余りの手際の良さが思わぬトラブルも引き起こした。幕府は、江戸府内の人口そのものを減らすため、火事が収まった一月下旬に早くも、大名の参勤交代を一年間免除することに踏み切った。大名の負担軽減を図った善政といえるが、これに対し御三家から不満が続出したのである。

「参勤交代は幕府の大名統治の根幹をなす重要政策。これを我らに何も相談せずに変更するとはけしからん」

と言うのである。

知恵伊豆、信綱の勇み足と言えよう。彼は平身低頭で御三家に弁解したものの、抗しきれず五月には撤回してしまう。

わずか三か月の〝朝令暮改〟となった。ただ、撤回の真の理由は、参勤交代停止による人口減少が幕府の想定していた以上に激しかったことによるものだった。

一部に行きすぎた効果を生んだこともあったが、江戸の町は誰もが驚嘆するほど見事に再生したのである。信綱の行政手腕は幕内でもさらに高く評価された。

「それはどういうことか。私は初耳である」

本丸御殿の立て直しなど、江戸城の再建も着々と進んでいた八月の頃、保科正之は小普請奉行の土屋兵部から江戸城工事の進捗状況の報告を聞いていたときだ。

「天守閣の土台の補修はほぼ終わり、来月から天守閣の建築に入ることが出来ましょう」

土屋兵部は誇らしげに胸を張った。

——天守閣の再建？　馬鹿な。天守閣に費やす資金などない。そんな資金があったら江戸の町の改革に回す。誰が決めたのだ。伊豆守であるはずはないが……。

土屋兵部を問い詰めても仕方がない。正之は彼を引き下がらせると茶坊主に信綱を呼ぶように指示した。

政務に忙殺され今はどうしても伺いませぬ。明日ならばと言う信綱の伝言も、「ならぬ。今すぐ参れ」と折り返し伝えた正之の言葉に、ただならぬものを覚えた信綱は取るものもとりあえず、正之の部屋にやってきた。

「天守閣の再建とはどういうことか。いま、江戸中が再建に向けて必死に働いているときに、火急に必要とも思えぬ建物に資金も人も割く事は出来ぬ。そのことは伊豆殿が一番御存じのはず。なぜ天守閣を立て直すのか」

正之の顔は真剣そのものだった。憤りさえ感じられる形相である。これまで見たこともない正之の険しい表情に、信綱はたじろいだ。

「それは……」

と言ったきり目を伏せて黙ってしまった。

「伊豆殿の御判断とも思えぬ。どなたの御意向か」

正之に迫られ、言うしかなかった。

「上様の仰せにございます」

「上様？　家綱様か？」

「御意。『江戸の復興には、江戸城の再建が必要じゃ。天守閣はいわば城の象徴。神君家康公以来守り続けた天守閣を早く建て直せ。このままでは、御先祖様に合わす顔がない』とまで仰せられ、やむなく……」

家綱はこのとき十五歳の元服を終えたばかりの青年だった。将軍になったときの十一歳に比べれば成長していたが、まだ、将軍として天下を治める器までには至っていない。

今、ここで天守閣を再建することは江戸の復興計画を妨げ、ひいては徳川幕府の危機につながることまで考えが及んでいないのだ。若さゆえ、先祖を思う一途な気持ちからだろうが、ここはなんとしても、将軍に天守閣再建を思いとどまらせなければならない。

しかし、自分が将軍を諫めたということが重臣に知れれば、将軍の立場がなくなる。若いだけあって、彼が軽んじられる恐れがある。今後の政に拙いことになる。将軍と二人きりで、それも目立たぬ場所でお諫めするしかない。

「伊豆殿。この話、一切の他言は無用にござる。よろしいな」

信綱は正之の心をすぐに理解した。

「分かり申した。全ては伊豆守の独断にござった」

二人の目が合った。

信綱は正之の家綱を思う心が痛いほど分かった。単に将軍への忠誠心だけではない。叔父と甥という肉親への深い愛情を感じたのだ。

正之が小さくうなずくのを見届けると、

「それでは御用煩多にて」

と言って部屋を足早に出て行った。

部屋に残った正之は腕を組んで考え込んだ。

家綱は若さゆえの痛いほどの純粋さがある。幼くして父家光を失くし、徳川幕府を背負っていかなければならない重圧に、気負いが出てしまうのも致し方ないことだ。偉大なる祖祖父、家康、祖父秀忠、そして父家光を慕い、祖先に対する畏敬の念が天守閣再建へと走らせたのだろう。

だが、今ここで天守閣を再建しては絶対ならぬ。これからの政は民政に重きを置かなければならない。江戸町民が災厄で塗炭の苦しみの底に喘ぎ必死になって働いているときに、幕府が無用の長物である天守閣建設にうつつを抜かしていては、示しが付かない。それどころか幕府への不信感を募らせ、やがては信頼感を失くすであろう。それが一番怖い。

――私は兄家光から「家綱を頼む」と託孤の遺命を受けたのだ。そして自分は「一命を賭して。家綱を守る」と誓ったのだ。わが命を徳川家のためにささげることを誓ったのだ。

それが一地方の小大名の藩主だった自分を二十万石の山形藩主に、二十三万石の会津藩主にそして中将にまで引き上げてくれた兄家光への恩返しである。

だからこそ徳川幕府を守るためにはたとえ将軍とは言え、天守閣建設を願う家綱を諫めなければならぬ。

――「ならぬことはならぬ」のである。。

正之の覚悟は決まった。


それから数日後のこと、正之は周りの者には知らせず、将軍の側近には「ご機嫌伺い」とだけ言って、将軍の仮住まいである中奥の部屋を訪ねた。江戸城消失と言う不安の中で過ごしていた家綱は身内の来訪をいたく喜んだ。

昼時だったこともあって、「一緒に食事をしたい」とまで言った。将軍が身内とは言え家臣とともに食事をする例はない。正之は断りを入れたが、家綱が落胆する姿を見て、

「ならばお茶などを頂きましょう」

と言った。

直ちにお茶が運ばれてくると、正之は懐から包みを出し、開いて見せた。そこには菓子が入っていた。

「これは亡き大殿様がお好きだった『キンツバ』と申すお菓子でござる。大殿様はこのお菓子がいたくお気に入りで、それを知った私が持ちより、よく一緒に食べたものでござる。もっとも、これは私と大殿だけの秘密でござるが」

と言って、少しだけ首をすくめて、笑いながらキンツバを二つに分け、家綱に差し出した。

家綱はうれしかった。自分の知らない父の話を聞くのは心が穏やかになる。

「父が甘いものを好きだという話を聞くのは初めてじゃ。父は私の前では余計な話はせず、いつも厳しい父であった」

何かを思い出すように、遠くを見つめるように顔を上げた。

手にしたキンツバを二つに割って口に含んだ。

「うまい」

父との思い出をかみしめるような言葉だった。

「大殿は上様を本当に大事に思われていました。だからこそ厳しく接しられたのでしょう」

正之はここで茶碗を持って、ゆっくりとお茶をすすった。

「上様だけではありません。大殿様は政でも厳しいお方でしたが、その底には、人への深い愛情があふれておられました」

「人への深い愛情？」

「大殿様は、幕府の安定のため、武家諸法度など厳しい大名統制をされましたが、常に人々の暮らしの安定をお考えになっておられました」

と言ってから一息つくと家綱の顔を直視して言った。

「もし今大殿が生きておわせば、城のことはさておき、まず町の人々の暮らしの安定をお考えになったと思います」

「わしは江戸の町に江戸城があり、江戸城には天守閣が高くそびえることが、民の安心感になると思うのだが」

「かつて戦いに明け暮れていた時代はそうでしょう。天守閣は威容を誇ることで周囲を治める力の象徴だったからです。

しかし、今は違います。天下太平の世では、武力を誇る必要はありません。それより民の暮らしを安定させ、豊かにすることが民からの信頼を受け、幕府の安定につながるのです」

「神君家康公、祖父秀忠公、父家光と続いたこの徳川家の象徴である天守閣を、燃えたままでは御先祖様に申し訳が立たぬのじゃ」

「上様の気持ちはお察しいたします。されど、僭越ながら、今天守閣を再建しても神君も秀忠公も、父上様も決してお喜びにはなりますまい。

それより一日も早く江戸の町を再生することこそ御先祖様の願いかと」

そう言うと正之は額を畳に付けんばかりに頭を下げて平伏した。

その姿に家綱は正之来訪の本当の理由を理解した。

「中将、頭を上げい。よく私を諫めてくれた。父の気持ち、祖父の思い、神君の願い、わずかながらもこの家綱分かった思いがする。中将、礼を言うぞ」

「もったいないお言葉。上様をお諫めするなど恐れ多いこと。私はお父上様のお話をしたに過ぎませぬ」

「そうじゃ。これからも父の話を聞かせてほしい。いつでも待っておる。ただし、これからはキンツバはわしが用意しよう」

と最後は微笑んだ。

「おそれいりまする。正之に出来ることあらば何なりとお申し付けくだされ」

話は終わった。

部屋に戻って正之は嬉しさをかみしめていた。

——家綱様は父を、先祖を慕う心根の優しいお方。人の話をよく聞く素直なお気持ちをお持ちだ。政もきっとよく我々の意見を聞いて下さるだろう。だからこそ我々周りの者がしっかりせねばならぬ。

正之は唇をかみしめた。

江戸城の天守閣はその後、代々将軍が代わっても二度とも再建されることはなく現在に至っている。土台のみが残されたままで、それが泰平の象徴になったのである。

善政と財政

近藤重成は兄嫁が作ってくれた弁当を食べ終わると、最早、帳簿方部屋には自分一人しか残っていないことに気が付いた。

勘定方に勤めて六年。今の「帳簿方」で二年。仕事はだいぶ慣れてきたし、要領はいい方で、仕事の処理も早い方だが、なぜか食べることとなると遅い。兄嫁の菊さんから「食事はよく噛んで食べて下さい」と口酸っぱく言われているせいで、癖になってしまった。

菊さんは自分より二歳年下なのに、姉のように彼にふるまう。やや冷たい感じはするが、はっきり言って「美人」である。そのせいでもあるが、菊さんにはなぜか頭が上がらない。

「おい、この後、暇か。それならおれと付き合え。おもだか屋に行かんか」

いつの間にか同僚の小林隼人が部屋に入ってきて声をかけた。

小林は近藤と同じ二十八歳。勤めも同じ勘定方の支配勘定だが、小林は金庫番。同じ御家人の次男坊、部屋住みの五十俵一人扶持と、何から何まで環境が似た者同士で、勤めた時期も一緒とあって、すぐに打ち解けあう仲間となった。

さらにいえば無類の甘党と言う好みまで一緒。「おもだか屋」と言うのは江戸でも評判の「汁粉屋」

なのだ。

「話がある。今日は、おれがおごってもいいぞ」

小林がおごると言うのは初めてだ。何かよからぬ魂胆があるのかもしれない。とは言え、おもだか屋の汁粉をただで食べられる機会を逃す手はない。二つ返事で応えると二人は早々に部屋を出た。

お勤めは冬場は朝六時からと早いが、仕事は午後二時までと決まっている。仕事場で昼の弁当を食べると後は特別な指示がない限りはお役御免となる。本丸御殿の一室「御殿御勘定所」から田安門を出て大川端の「おもだか屋」まで小半時。それでも冬の陽はすでに西に傾いている。

おもだか屋は徳川家康が江戸に幕府を開いて数年後に店を開いた老舗の「甘味処」で、間口が二間、奥行き三間の小じんまりした店で、二階に六畳と四畳半の小部屋がある。二人が店に入ると、客は若娘同士が二組だけだった。二人は二階の四畳半の部屋をとった。

お茶に続いて汁粉が運ばれ、仲居が部屋を出るのを見届けて小林が身体を乗り出すと、小声でおもむろに口を開いた。

「のう、ちかごろのお上の金の使いようはどうだ。あまりに多すぎるとは思わぬか。そなたは、支配勘定方にあって、その中身を存じて居るはずだが」

――話とはそのことか。

もしかして小林が嫁を貰う話かと不安に思っていた近藤は少しだけほっとした。同じ一人身同士で〝先を越される〟のは嫌だ。

「何か不正があるとでも言うのか」

目の前の汁粉に箸を付けた近藤が、まず汁をすすりながら、何気なく聞いた。相変わらず熱いから、少しずつ口に含むしかない。

おもだか屋の汁粉はさっぱりとした甘さが評判だ。小豆に砂糖を加えて煮るのはどこの店でも同じだが、ここは最後に若干の塩を加えていると言う。

「そうではない。使われる金が大きすぎるのではと申している。一体これほどの金が何に使われているのか。そなた分かるであろう」

小林隼人はまだ箸をつけずにいる。

「もちろん、我々が書類の決裁をしているのだから見てはいるが、正直、我々下っ端の役人ではその内容まで吟味する立場にはないわ。そちは何を心配しているのか」

小豆を箸で挟んで口に含んだ。何時ものことながら柔らかい。それでいながら小豆の味がしっかりしている。近藤の顔が自然にほころぶ。

「いや、金の出どころではない。わしは御用金を管理しているのだが、この前、上司に言われて御用金蔵を調べてみたら、蔵の中は、端っこにわずかに箱（千両箱）が積まれているだけで、私がこのお役目を頂いた六年前には、蔵一杯にあふれるばかりに箱が積まれていたことを思うと恐ろしい気分になったのだ」

「それで上司に御報告したのだろう？」

「もちろんだ。だが上司はこの事は誰にも口外するなと」

「ふーん」

近藤は箸を置くと、腕を組んで何やら考え事をしているようだった。

「幕府の金山、銀山からの採掘量が年々減っているという噂は聞いているが……」

近藤の言葉に小林は深くうなずいた。

「そのことよ。わしはお役目で、金座、銀座から搬入される金貨、銀貨の数量を帳簿に付けているのだが、以前は週に一度は必ず記載していたのだが、この頃は月に一度、いや記載しない月が多くなっているほどじゃ」

「と言うことは、お上の御用金が底を突いたと言うことか」

思わず近藤が叫んだ。

「これ、声が高いぞ」

小林が襖の向こうを伺いながら諌めた。

「まだ底を突いているわけではない。ただ、先ほども言ったとおり、公儀がこのままの金使いをしていれば、早晩金庫が空になろう。わしはそれを案じているのだ」

小林はようやく箸に手を付けた。

近藤はまだ腕を組んだままだ。

「わしにすれば御金蔵に入って来る金、銀が減ってきている方が心配だが……。佐渡金山だけでも年に五百貫も取れていたし、石見銀山からは年に六百貫以上に銀が採掘されていたではないか」

同じ勘定方でも近藤は幕府財政の支払いを担当する「帳簿方」で、同じ勘定方の「金庫番」の近頃の様子は分からない。

「それはわれらが仕える前の、昔の話よ。今では、佐渡も、石見も掘り尽くされた。それに代わる新しい鉱山も見つかっておらん」

小林は冷めた汁粉を一気にすすると、無念そうに呟いた。

つられるように、近藤も残った汁粉を口に含んだ。

おもだか屋の汁粉は冷めた後では一段と甘さが増してくるのがうれしい。

「確かに、明暦の大火以来、お上の出費は増え続けている。しかし、それは決して無駄使いではないぞ。むしろ、善政だ。あの火事で焼け出された人々は二十万人を超えていたと聞くが、彼らすべての人々の家の再建に公儀は多額のお金を出したのだ。

それだけではないぞ。火事が広がらないよう通りを拡張したり、避難所をいくつも作ったり、お陰で、それからは火事は起きているものの、大きな被害が出ていないのは、公儀の備えがあったからであろう。

我らをはじめ多くの江戸の町民が安心して眠れる夜を過ごせるのも、公儀のお陰であろう。明暦の大火後、もし、お上がこれだけの金を使っていなければこんなに早く江戸の町がにぎわいを取り戻せなかったであろう」

喋り過ぎてのどが渇いたのか、近藤は目の前の冷めたお茶をごくりと飲みほした。

「お主の言い分は分かる。我らにとっても、あの大火で家を焼かれて途方に暮れていた時に、お上から家の再建資金を下されどんなに助かったか、今の暮らしがあるのは、そのお陰じゃ。

噂では、その時の保科様の御英断と聞くが、町民の家の再建にもお上から資金が出されたとか。立派なものじゃ。しかし、我ら金庫番の立場になるとな、新しい金がはいらぬ中でお金だけが大量に出ていって、蓄えが年々減っていくのを見るのは何とも心細いものよ」

小林がやるせなさそうに呟いた。

暫く二人は黙りこんでいたが、近藤がその場の空気を振り払うように言った。

「いずれにしても、我ら下っ端のものがいくら心配しても始まらぬ。公儀のやりくりはお偉い方に任せて、どうだ、もう一杯汁粉食べぬか。今度はわしがおごるぞ」

小林はまだ納得のいかない顔をしていたが、やっと気を取り直したように顔を上げて言った。

「頂こう」


勘定奉行の岡田善政と勘定組頭の結城一成が先程から庭先の縁側で碁を打っている。

三月も末、春到来を思わせるポカポカ陽気だった。

今年の冬は厳しい寒さが続いていたが、ようやく遅い春がやってきたようだ。

この日はちょうど非番の日だったので、岡田は結城を呼んで、久しぶりに囲碁の三番勝負を始めた。

結城はもちろん彼の直属の部下になるが、碁ではたがいに〝碁敵〟と呼ぶほどの相手である。

職場では上司、部下の関係だが、いざ碁打ちが始まれば互いに立場を忘れての真剣勝負、今日も昼からの三番勝負は夕方まで続いて、結果は久しぶりに岡田の二勝一敗、しかも最後はわずか三目差での僅差の勝ちであった。

「いや危なかったな。目数を数えるまで勝負は分からなかった。途中ではもう負けたかと思ったが……」

「いえ、私は防戦一方で、御奉行の勢いには勝てません」

終わってみれば、二人の言葉は仕事場に戻っている。

勝負が終わるのを見図らっていたように、妻のおりくが酒と肴をのせた膳を運んできた。碁打ちの後は必ずささやかな宴となる。

これといった趣味もなく、仕事一筋の岡田にとって、結城と碁を打った後の一杯が何よりの楽しみなのだ。それを知っているおりくは、肴に凝る。

今日は善政の好物である味噌田楽とうる目イワシの焼き物、それに菜の花の一夜漬け。まだ旬には遠いが、特有の苦みを善政は好んでいる。

「これは、これは、珍しきものを頂きます。香りとこの苦みがなんとも言えず香ばしい。いつもながら奥様のお料理上手には感服いたします。わが女房に爪の垢でも煎じて飲ませてやりたいもので」

善政もおりくもただうれしそうに笑っているだけだったが、おりくが部屋から出ていくのを確かめると、善政の表情が急に険しくなった。

「先日お主に調べるようにと申しつけたことだが……」

そこで一旦言葉を切ってから、

「この話、役所では話せぬ故、無粋ながら酔う前に聞いておきたい」

と続けた。

結城も今日の岡田からの誘いの本当の狙いを覚悟していた。

「公儀の天領は確かにこの五十年で飛躍的に増えております。しかし、幕府に入る金の量はそれほど増えておりません。なぜか、と言うお尋ねでございましたな」

岡田が黙ってうなずいた。

「まず第一には、天領の年貢は神君家康公の時以来『五公五民』と決まっておりますが、調べていますと、天領によってまちまちになっているようで、しかも割合は引き下げられているようでございます。中には『三公七民』となっているところも見つかりましてございます」

「なんと！　天領の租税は、他の大名領地より農民たちを優遇しておるはず。それでもさらに引き下げるとは、代官たちは何をしておる」

「先の島原の乱がきっかけと思われます。農民の反乱を治められなかった領主に公儀が厳しい処分を下しましたが、恐れながら、この公儀の沙汰で、天領の代官たちは百姓を怒らせて一揆でも起こされたら大変、自分の首が飛ぶのを恐れて百姓の要求をのまざるを得なくなっているようでございます」

幕府は当時の島原藩主板倉勝家に対し農民一揆を引き起こした責任を取らせ藩を改易し、後に斬首した。ちなみに江戸時代を通じて大名の「斬首」はこれ一例のみ。いかに幕府の厳しい処分だったかが分かる。

「島原の乱の領主の処分は、藩内統治の不手際として当然の処分。それと代官が百姓の不満の声に言いなりになることとは違う」

「御尤もにござる。ただ当方が調べたところによれば、代官と農民との関係はよく言えば友好、はっきり申せば、なれ合いの関係にあるところが多いかと……」

本来、農民は租税を少しでも納めたくないもの。それを幕府を維持するためになんとしても制度通り取り立てるのが代官の役目だ。その代官が結城の報告の通りだとすると、幕府の根幹が揺らいでいることになる。

岡田は腕を組むと、「うーん」と唸ったまま、暫く黙ってしまった。

徳川家康が関東に移ってきた当時（1590）、徳川の領地は約百二十万石だった。その後の関ヶ原の戦い、慶長二十年（1615）大坂冬、夏の陣で豊臣一族を亡ぼし、これによって没収した領地を合わせると、幕府の直轄領は二百四十万石に倍増していた。

農民に対し幕府は『五公五民』の年貢をかけたので、幕府の石高収入は百二十万石ということになる。

さらに、大坂夏の陣以降も、幕府の厳しい統治策により改易された多くの大名の領地が幕府領に組み込まれた結果、四代将軍家綱の頃には幕府直轄領は三百万石をゆうに超えていたのである。本来なら、幕府の収入は百五十万石を上回っていたはずであった。

ところが、実際はこの四十年間、幕府の収入はほとんど増えていなかった。結城の報告によれば、全国各地に配属されていた代官が農民からの徴税作業を怠っていたというのである。

——なんと言うことだ。農民の反発を恐れて自ら役目にしり込みするとは、武士の誇りは何処へ行ったのか。

幕府が開かれて五十余年、政治的には幕府の統制は強固に維持されていると思うが、もう一つの柱である財政面では足元から揺らいでいる、と岡田は暗澹たる気持ちになった。

岡田には他にも気がかりなことがあった。

このところの米価の値下がりである。

幕府は年貢米の一部を大坂や江戸の札差を介して現金に替える。幕府の命により、交換比率は「一石あたり十両」と定められている。しかし、実際の取引は、主に大坂の米相場で取引される価格に追随する形になっており、その価格が徐々に下がっているのだ。

岡田が結城と同じ勘定頭の真崎信輝に調べさせたところ、意外なことが分かった。

江戸期に入って、農業技術の向上や農機具の発達などで米の収穫量は飛躍的に増加し、石高以上に収穫されていた。しかし、天領をはじめ全国の石高は決まっているため、農家の手元には余剰米が残る。それを農家が商人などを通じて市場に出していたのである。市場への供給量が増え、当然のことながら価格は下がる。

――収穫量によって毎年石高を決めればよいのだが、それでは飢饉など不作時に幕府の収入は減ってしまう。今の石高制を維持することがまず第一。と言って、農家に米を市場に出すことを禁じることも出来ぬし……。

幕府の米収入は年間約千二百万両となっているが、現実は米価の値下がりでこれを下回っている。この中から大名など石高持ちを除く約二万人と言われる旗本、御家人に扶持米を支給し、将軍家の諸費用を賄わなければならない。

ただでさえ収入が厳しいのに加えて江戸の諸物価の値上がりだ。

江戸の町がにぎわいをますにつれ、物の値上がりが烈しくなった。武士の生活は日増しに苦しくなっていった。勘定奉行の岡田のところには旗本、御家人からの脅しまがいの不満を訴えに来るものも一人や二人ではない。

「このままでは我らの暮らしもままならぬ。いざという時に我らは将軍様のお役にたてませぬぞ」

この泰平の世では旗本、御家人が出陣するような「いざという時」など考えられなかったが、彼らの生活が困窮しているのは事実だ。

幕府とて苦しい台所事情は同じ。三代将軍家光時代には三百万両を超えるまでに積み上げた貯蔵金も、数年前の明暦の大火で幕府は江戸の町の再建に多大な費用に支払い、ほぼ半減した。さらにその後も膨らむ一方の江戸の人口に対する「社会基盤の整備」もある。

昨年には、増え続ける江戸町民の飲料水を確保するために「玉川上水」の敷設を完成させた。江戸西部を流れる多摩川の上流から江戸府内まで、約四十キロの水路を開削するという大工事で、完成までに約一年を要した。投じられた費用は一万両を超えた。

——お陰で、江戸の町民は飲料水を何不自由なく使えるようになったし、さらに疫病の不安も遠のいた。民の暮らしは格段に豊かになったが、その分幕府の貯蔵金は減るばかり。なんとも、善政とは金のかかるものよ。

勘定奉行としては嘆かざるを得ない。

「いや、すまぬ、すまぬ。つい思いにふけってしまったようだ。話は済んだ。ゆっくりと呑んでくれ」

我に返った岡田は、まだ箸に手を着けずにいた結城に気が付いて、慌てて銚子を挿し向けた。

「よく調べてくれた。礼を言うぞ」

「もったいないお言葉。私はお役目をただ果たしただけで」

結城の返杯を口に含んだ岡田が顔をしかめた。

酒が冷めてしまった。岡田は手をたたき、おりくを呼んで酒を差し替えるよう言った。

「熱燗で頼む」

春の陽気とは言え、陽が西に傾くと急に寒さが増してきた。

——これはやはり一度中将様にご報告、御相談しなければならぬ。

燗酒がのどを通って身体中に浸みていくのを感じながら、岡田はひとりごちた。

心の上に「刃」

その朝、保科正之は珍しく、夢にうなされて起きた。

確かなことは覚えていない。ただ、森の中の道をさ迷ううちに二又の別れ道に立たされていた。右手の先には、今にも崩れ落ちそうな大きな岩が頭上に、左手の先は切り立った断崖が待ち構えている。どちらにも進みたくないが、なにやら後ろから背中を強く押す者がいる。押されまいと必死に抵抗するうちに目が覚めた。背中にびっしょりと汗をかいている。

風呂で汗を流し、着替えて朝食を済ませると、何時もより早く外桜田門内の屋敷を出て本丸御殿の溜めの間に入った。既に勘定奉行の岡田善政が控えていた。

「相談事ありと言うが、話は昨日の今日とは、随分と急ぎのようだが、何か火急なことでも……」

「朝早くから誠に御無礼とは存じましたが、火急ではござりませぬが、早くご報告とご相談したき議がございまして……」

岡田は先日勘定頭の結城並びに真崎両名に調べさせた報告をもとに、本人の意見も含めて、正之に財政の窮状を訴えた。

「今の状態が続きますれば、早晩幕府の御用金は底を突き、天領からの年貢米では年々の資金は賄いきれません」

最後に岡田は思い切って断じた。

正之は岡田の報告を一言も口を挟まず聞いていたが、岡田の最後の言葉にきっと顔を睨むようにして
「それほど悪いか」

と言って、深いため息を突いた。

正之自身幕府の財政が厳しいことは分かっている。

明暦三年の大火以来江戸の町の復興に幕府は多大の資金を費やした。大火を期に道路を拡張したり、町屋の縦割りを見直すなど江戸の町づくりを大幅につくりかえた。その費用は数十万両にも及んだ。さらに旗本、御家人の武家屋敷はもちろん、江戸町民の家屋の再建にも補助金を出した。この金額は百万両を超えた。全て、幕府が三代にわたって〝溜めこんだ〟三百万両を超える貯蔵金から賄った。

「貯蔵とはいざという時に使うもの。今（大火）がその時」

周囲の反対を押し切って、保科正之が決断したのだ。これにより江戸の町はわずか一年余りで復興できたのだが、貯蔵金のほぼ半分を失った。

その後も幕府の支出は相次いだ。明暦五年には、再び増え始めた江戸町民の飲料水を確保するために、江戸西方を流れる多摩川から江戸市内に上水路を掘削した。距離にして四十キロを超える大工事で、この費用は掘削者の私費で賄ったが、相次ぐ難工事で彼らの私財も使い果たし、工事途中からは幕府負担となった。

岡田の説明を聞くまでもなく、保科正之は最近の江戸の物価の著しい上昇は承知している。余りの急激な江戸の人口増加に物不足が高じ、諸物価の高騰を招いているのである。

幕府は参勤交代の縮小などで人口増加を抑制する手立てを講じているが、それでも収まらない。

その中で、幕府の〝収入源〟である米の値段だけは下がっている。直轄領は年々増え、石高は伸びているのに、幕府の収入はほとんど増えていない原因の一つだ。

「将軍様の費用を含め、江戸城の諸経費の値上がりで、もはや年貢では賄いきれなくなっております」

その分貯蔵金がさらに減っていく。

「将軍様の費用は削ることとまかりならん。我ら老中を始め下々の役人に至るまで、費用を削るしかあるまい」

「我ら勘定方にありましては、既に所内におきまして『倹約令』を出し、費用の削減にこれ努めておりますが……」

——それにも増して支出が多すぎる。

と言いたかったが、保科正之の前では言いにくかった。

「のう岡田」

正之が岡田の心を見透かしたように、いつもの柔和な顔で言った。

「神君家康公が、何故江戸に幕府を開いたか、そちは存じておるか」

「はて、私めごときには解りませぬが」

「わしも先代の家光公から聞いた話じゃ。関ヶ原合戦の後、幕府を開くにあたって候補地は、側近たちの意見では、海に面していて港のある「鎌倉」か「小田原」であったそうな。いずれも歴史のある、由緒あるところだ。だが家康公は江戸入江の奥の、葦の生い茂る、わざわざ不便なこの場所を選ばれた。何故ゆえか？」

正之はここからが大事なことだとばかりに、一息つくと目の前の茶を一服ごくりと飲んだ。

「この地が広大な平野を抱えているからじゃ。鎌倉や小田原に城、港はあるものの、背後に山が迫り、人々が多く住むことは無理じゃ。その点この江戸は何処までも平野が続き、多くの人が住むことが出来る。

神君家康公は江戸開府にあたって、『二度と戦は起こさない』と誓ったのじゃ。そのためには民を豊かにすることだと。人々の賑わいこそが、国づくりの基本とお考えになったのじゃ」

家康は江戸に城を築くにあたって、町造りから考えていた。

「家康公は、それまでの『敵から守る城』ではなく『多くの人が集まる城』を築きたかったのであろう。戦国の世に別れを告げ、泰平の世を拓くという強い願いからであろう」

「城下町をつくる？」

「そうじゃ、大坂にも勝る城下町じゃ。いや、どこの国にもない広い城下町。そこには全国から人々が集まり、にぎわいを見せる。

城下町が城を支える。江戸の人々が幕府を支えるのじゃ」

正之はかつて同じような話を思い出した。彼がまだ若く、高遠藩に預けられていた頃のことだ。藩主保科正光は領主の心得として、かつての領主、武田信玄の話をよくした。

武田信玄は戦国の世にありながら、自らは拠点に城をつくらなかった。「躑躅ヶ崎」に館は作ったが、敵からの攻撃を防ぐ石垣や濠を一切つくらなかったのである。

「われらを攻める者あらば、それはわが領民が守ってくれると信じている。それは石垣より強固な壁となろう」と。

「人は城、人は石垣、人は堀」―武田信玄の言葉という。領民への信頼であり、それが武田勢を守ったのである。徳川家康の「城下町づくり」と相通じるものがあると正之は思う。

そこまで聞いていた岡田はやっと、正之の本心を理解した。

「中将様が、明暦の大火で失われた江戸の町を何としてでも早く復興させたのは、そのためでござるか。江戸にかつてのにぎわいを取り戻すことが、幕府を守ることだと言うことでござるな」

「分かってくれたか。確かに、このために溜めておいた御用金の半分は失ってしもうた。だが、貯めておいた金はこのような大事の時に使うもの。

金は持っているだけでは何の価値もない。使ったときに初めて価値あるものとなろう」

「御意」

やはり中将様はしっかりと幕府の行く末を見据えていたのだ。日々の金の出し入れに汲々としている勘定奉行のわしごときにはとても思い及ばぬことだ。

それまで穏やかだった正之の顔が曇った。

「貯蔵金が少なくなることを憂うことはない。それより気がかりなのは年貢米のことよ。幕府が取り決めた年貢米が決まり通り集められていないとは。しかもそれは代官たちの職務怠慢によるものとは。決してこのまま放っておくわけにもいくまい」

実は正之は幕府の年貢米が取り決め通り集まっていないことにうすうす気が付いていた。

代官による年貢米の徴収制度が始まった当初から、代官たちによる年貢米のごまかしといった悪質な不正が横行していた。

幕府は三代将軍家光の時代になって、これを防ぐために幕府が直接年貢米を徴収する制度に改め、蔵奉行をおいて、年貢米を集めるための倉庫を大坂、江戸に設けた。

それでも、年貢米の不正は収まらなかった。勘定奉行以下、幕府の勘定方への代官たちの賄賂が横行し、幕府の役人自体が代官の取り締まりに手加減を加えていたのである。

そこで保科正之は、寛文元年（１６６１）、元号の変わったのを機に、勘定方の思い切った人事刷新を断行した。勘定奉行に岡田善政を抜擢したのである。

彼は美濃の国の旗本の家に生まれ、父の後を継ぎ美濃の国の代官を務めていた。さらに、彼の土木事業の才を買われて治水奉行も務め、慶安三年の木曽川の氾濫を治めた。

保科正之は岡田の代官としての業績を知り、勘定奉行に登用したのだった。老中の皆は、岡田善政が幕政の経験もない一地方の代官に過ぎず、高齢（五十五歳）なことを理由に反対したが「仕事をするのに年齢は関係なかろう」を押し切った。

彼を登用後、正之は直ちに奉行所内の綱紀粛正を命じていたが、岡田善政は見事にその任を果たしていた。地方の直轄領に居る勘定奉行配下の郡代、代官についても調査を続けていた。

「それにしても代官の武士とも思えぬありよう。何故に農民を甘やかすのか。一方でわしの耳には百姓を厳しく扱う代官たちの話も入ってくるが……」

正之は苦り切った表情で吐き捨てた。

「そちもこれまでは代官を務めていた男。なんぞや思うところを言うてみよ」

岡田は何故、正之が老中の反対を押し切って自分を登用したか分かっている。

「では、忌憚のないところを申し上げます」

善政は衣を取り直した。

「農民を厳しく取り締まるも、甘やかして言いなりになるも、代官の心は同じでござる」

「どういうことか？」

「農民の心が分からぬ者は、農民にどう対処してよいか分からず、代官として厳しくするか、甘やかすか、どちらかになりまする」

「どちらも代官たちは農民の心が分かっていないと申すか」

「はい、私が代官を務めていた頃の話でございますが、農民たちにとって幕府の治水工事などに駆り出される課役は大変な重荷になっておりました。特に遠方の工事に駆り出される農民にとっては、人数だけでなく宿泊費用もかさみます。

しかし、彼らに課役は絶対に果たしてもらわねばなりません。課役を見逃すことはもちろん、逆にあまりに厳しく処すれば『窮鼠の猫を噛む』の例え、彼らの反乱を招きかねません」

「課役は農民の義務。不満でも果たしてもらわねばならぬ」

「そこで私は、割当人数を変えたのです。これまでは、工事場所が遠方であろうと近場であろうと割当人数は同じでしたが、遠いところは少なく、近場のところは多くしたのです」

「工事現場が変わるごとに割り当て人数を変えるのか」

「私はそれまでの農民との話し合いの中で、彼らの間で課役に対する不満はあるものの、それ以上に大人数を遠方に長期間駆り出されることへの不満が強いことを知ったのです」

「彼らの本音を聞き出したわけじゃな」

正之はそこで深くうなずいた。

「物納を認めたのも農民との話し合いの中から決めたものです。課役は季節に関係なく行われます。農民にとって農繁期にまとまった人数を長期間、遠方に送りだすのは死活問題にもなります。そこで、人を出す代わりに工事資材などを提供する物納を認めました。これにより、工事ははかどり、年貢米の徴収もとどこりなく集めることが出来ました」

彼の措置は、後に「美濃の国役普請制度」と呼ばれ、幕府から高い評価を受けることになる。

「要は、百姓の本当の気持ちを聞き出すことですが、それには日ごろから農民との話し合いがあってのことで、時間のかかるお勤めです」

「しかし、多くの代官はそちのような人間ではあるまい。何故そちは農民の心がわかる」

正之が聞きたいのはそのことだ。

岡田は何かを思いめぐらすように少しだけ首をかしげて暫く考えてから、控え目に言った。

「私の場合は、父の代からの美濃の代官。幼き頃から農民の暮らしぶりを見ていましたから、彼らの考え、本当の心がわかるのだと思います」

人はすぐには本音を話さない。その人との信頼が出来て初めて心の内を見せるものだ。岡田は幼き頃より百姓たちと共に暮らしてきたのだろう。だから彼らも安心して岡田に心を開いたのだ。

「永い間代官を務めたものは他にたくさんいる。その中でなぜそちは農民たちから信頼を得ることが出来たのか」

「特別なことはありませぬ。ただ、あえて申し上げれば、百姓との付き合いで大事なことは、彼らの信頼を裏切らぬことと心得ます」

上下関係で信頼を築くには、上のものが信頼を裏切らないこと。

正之が信州高遠藩に居たときの藩主保科正光の言葉でもあった。

「我らが民を一度でも裏切れば、民からの信頼は一瞬にして失い、再び信頼を取り戻すのは容易ではない」

正之はこの正光の言葉を政の要諦として深く心に刻んでいる。

「永く代官を勤めていると地元の百姓たちとのなれ合いが起こることを恐れ、幕府は二、三年の期に交代させているのだが、それでは彼らの本当の心はつかめぬということか」

「必ずしも年月ではありますまい。やはり人かと存じます。人によって代官の御勤めは大きく変わりましょう」

岡田は自分の話をし過ぎたと思った。自分の経験だけで政まで語るのは僭越だと、少々気恥かしい思いもした。

「分を超えた意見を申し上げた無礼はお許しくだされ。中将さまより御指示を頂いた勘定方の綱紀粛正は粛々と進めてまいります」

岡田は正之がうなずくのを確認してから、部屋を退出していった。

正之の心には深い苦悩が残った。武士の心のありようのことである。十年前の慶安の変以来、正之の心に重くのしかかっている問題である。当時は浪人たち、今は代官と身分は違うが、いずれも武士の心の荒廃だ。戦いを本分とした武士たちが、泰平の世になって戦が無くなったとき、何を心のよりどころに生きていけばいいのか。何を心の矜持にすればいいのか、彼らは迷い、戸惑っているのではないか。

徳川幕府は江戸開府以来、新しい国造りを目指して次々に体制の整備、制度の新設を行ってきた。全ては家康の遺訓である「二度と戦は起こさない、起こさせない」為の体制作りであった。二代将軍秀忠の時代は、「武家諸法度」の制定などで諸大名を統制し、三代家光の時代になってからは幕府そのものの行政組織もほぼ整い、政権の基盤は整ったと思う。

しかし、形は整ったものの、行政を行う人間の中身が伴っていなかったのである。戦闘を目的とした武士にとって、そもそも戦のない泰平の世とは、〝生きがいのない、退屈でつまらない〟世ともいえるのだ。

多くの武士は幕府の行政を行う事務遂行者、いわば役人という〝種類〟の人間にはなじめなかった。与えられた日々の業務を確実にこなしていくという仕事は彼らには不得手であった。だから役人としての倫理観も当然ない。

例えば、位の高い役人たちは当然ながら部下や関係する業者からの「付け届け」を貰うことに何の躊躇もなかった。送る方も貰う方も「賄賂」という犯罪意識も罪悪感もない。

幕府内で最も利権が集まる勘定奉行は歴代、在任期間中に大金持ちになっている。それは「役得」であって、誰もが憧れる職制であった。大久保長安のように、あまりにも多くの私財を溜めこんだために失脚した例もあるが、長安の場合、蓄財より、当時の幕府内の政争に敗れた結果である。

程度の差こそあれ「利権の集まるところにお金が動く」のである。幕府の役人のいるところには「金」の匂いがした。

――このままではどんなによい仕組みを作っても、幕府は内部から崩れていこう。

肝心なのは武士たちの心の荒廃をどう立て直すかだ。しかしこれは難しい。泰平の世にあった武士のありようを早急に考えねばならぬ。

正之は一人悩んだ。彼はこの悩みを誰にも相談していない。だれに相談しても容易に回答は得られないことは承知しているからだ。

武士としての誇りをどう取り戻すか。

泰平の時代に何を心のよりどころとして生きていくかだ。今でいえば倫理観と言えようか。自ら自分を律する信条だ。

――かつて戦国の世では、人を殺傷するために武士は刀を持った。しかしこれからは人を切るためではなく、自らの心の上に刃を置かねばならぬ。

正之は立ち上がると襖を開け廊下に出た。陽はすでに中天にあった。正之の眼は長い廊下の先の新しい黒書院を向いていた。

——泰平の世にあった武士の心のありよう、武士の道たるものが必要だ。急がねばならぬ。徳川幕府を永く安定し確固たる政権を維持するためにも。

病床での徳川家光の最期の言葉がよみがえる。

「家綱を頼む。徳川を頼む」

託孤の遺命は命にかけても果たさねばならぬ。


中庭の山躑躅の小枝が春の到来を待ち焦がれるように小刻みに揺れていた。

終わりに

保科正之は寛文十二年（１６７２）十二月、江戸三田の藩邸で死去した。享年六十三。死の四年ほど前まで四代将軍家綱の後見人として幕政の中枢にあって政務を執行した。その間、彼の提案により「殉死」の禁止令を発布したり、「証人制度」を廃止するなど、多くの善政を行った。

主君などの死を追って臣下が死ぬ「殉死」は戦国末期から続くいわば〝習わし〟で武士の美徳にまでなっていた。三代将軍家光の死に際し、老中堀田加賀守正盛、同じく阿部対馬守重次など重臣が後を追って自刃している。

一方で殉死は優秀な人材が失われ、藩政、国政に支障が出ていた。家光の死に際し重臣の殉死で幕政は一時混乱したことは事実である。殉死の禁止は旧来のしきたりを打ち破る意味があった。

また、「証人制度」とは人質制度のことである。幕府は政権安定のため、諸大名とその重臣の身内から人質をとっており、大名の妻子は江戸への在住を義務づけられ、家老クラスも彼らの身内から交替で人質を提出させて江戸に置いた。

江戸時代当初は自発的に幕府に人質を差し出す大名もいたが、元和八年（１６２２）二代将軍秀忠は各大名に強制し、さらに三代家光の時代になって「武家諸法度」に明文化された。

諸大名にとって江戸屋敷の費用負担がかさむのはもちろん、妻子など身内の者と離れて暮らす精神的苦痛は計り知れなかった。

正之は御三家など徳川親族からの強い反対を押し切って廃止した。既に時代は泰平の世を迎え、諸大名ももはや幕府への叛意はなく、人質を取る意味が薄れていた。この制度を廃止することが、かえって幕府への忠誠が強まると判断した。

これらの措置は、歴史的に見れば「武断政治」から「文治政治」への転換であり、徳川幕府の長期安定への大転換期でもあった。ただ、正之は文治政治への転換という意識は薄かったろう。彼の心の中にあったのは幕府の権力を強化するより、「民の力」を信じ、民を豊かにすることで、民に支持される幕府こそが「強い幕府」になると考えていたのではないか。

将軍の子という「権力者側」に座る正之が、何故民衆の心を捕えた深い洞察力を持っていたのか。

それは彼の幼少期の保護者、見性院、信松院二人の武田信玄の娘と、青年期を過ごした高遠藩の藩主保科正光の影響による気がしてならない。

高遠藩は伊那地方の四方を山に囲まれた盆地のはずれにあり、冬の寒さこそ厳しいが、四季折々の花が咲く豊かな自然に恵まれ、穏やかな土地柄で領民の生活もつつましいながらも温厚な人々が多い。高遠では正光の叔父で城代の保科正近が教育係となり、彼から為政者の心得など〝帝王学〟を学んだという。三万石と言う小藩では藩士、領民との交わりも多く、「民の心」に直接触れることで、民衆の心をつかんだのではないか。

将軍はもちろん、老中など多くの為政者は最初から中央政治にかかわっているのに対し、正之は現在で言うと地方の都市の市長を経験してから中央政府に躍り出た政治家に似ている。

正之にとって高遠時代は心のよりどころであり、それは終生変わらなかった。

その証拠は、家綱の後見人になって以降、幕府から『松平』の姓を名乗るよう何度も要請されたが、頑として保科の名を死ぬまで守り通したことだろう。『私を育ててくれたのは高遠時代の保科家の人々』と言う誇りが最後まで彼の心を支えていたのではないか。

保科家が『松平』の姓を名乗るのは正之が死して二十年のち、三代藩主正容の時代からだ。同時に『三つ葉葵』の家紋を授与され、徳川一門に列せられた。

正之の死後、徳川時代は　正之の民政への転換によって民が泰平を謳歌する元禄時代を迎える。


正之は会津藩主を拝命してすぐに江戸詰めとなっており、死ぬまでほとんどが江戸にあって幕政に奔走していたが、藩政にも多くの仁政を行った。その功績を詳しく書くだけで本一冊分になるので、ここでは主な施策だけを記すに留める。

●「社倉制度」―
現代で言う米の備蓄制度である。まず藩で一定量の米を買い入れ（基金）、その米を低利で貸し出しその利子でまた米を買い、凶作の備えとした。飢饉の際や病人、工事人足、新田開発者、火災にあった人たちへは無償で米を与えることもあった。米を溜める蔵（社倉）が領内各地につくられ、備蓄米は後に五万俵まで達したという。
●日本初の「年金制度」―

領民のうち九十歳以上に達したものに、毎年一定量の米を無償で分け与えた。当時の寿命から考えて対象者は少ないと思われるが、それでも会津の人口約二十万人に対し百五十五人いたという記録がある。

●「殉死の禁止」―

幕府の『殉死禁止令』に先駆け、寛文元年（1661）、正之は会津藩内で殉死を禁止した。藩の儒教者の講義から、殉死は人倫にもとると判断したのだった。

禁止令は翌年幕府から全国に発令されたが、武士の美徳にまでなっていた古い慣習はなかなか変えられず、殉死を巡るトラブルは後を絶たなかった。

●「御家訓」―

正之は幕政から身を引き、会津に帰った五十八歳の時に、十五条からなる家訓を作成した。いわば会津藩の憲法である。

第一条に『大君の義、一心大切に忠勤を存すべく、列国の例を持って自らを処るべからず。若し二心を懐かば、即ちわが子孫にあらず。面々決して従うべからず』

大君とは徳川家のことである。他の藩がどうであっても、会津藩は終生徳川家に忠誠をつくすように。もし徳川家に逆らう藩主が現れたら、家臣は従ってはならぬ。

凄まじいまでの徳川家への忠誠である。徳川家に生まれたながら信州伊那の小藩の高遠藩に預かりの身になっていた。その正之を山形藩二十万石の藩主に、さらに会津藩二十三万石の藩主までに引き上げてくれた腹違いの兄、三代将軍徳川家光への恩義と「託孤の遺命」を後世まで会津藩に伝えたかったのであろう。

しかし、この一条が、約二百年後、戊辰戦争での会津藩の悲劇に結びついていく。

家訓には他に『主を重んじ、法を恐れるべし』『卑怯なことはするな』『兄を敬い、弟を愛せよ』など儒教思想に通じる言葉があり、最後に『もしその志を失い、遊楽を好み、驕奢《きょうしゃ》を致し、士民をしてその所を失わしめば、則ち何の面目あって封印を戴き、土地を領せんや。必ず上表して蟄居すべし』とむすんでいる。家訓全体は、武士としてのあり方、生き方を示したもので、武士の心の荒廃に心を痛めていた正之の答えだったように思える。


会津藩でも数々の仁政を行った正之だが、家族には恵まれない人生であった。四人の室のあいだに、男女十五人の子どもが生まれているが、そのうち半数以上の八人が七歳までに夭折、さらに二十歳までに五人が死亡する不幸に見舞われている。生き残った四男の二代藩主保科正経も在任中の三十六歳で死亡、後を継いだ六男の三代藩主松平正容のみが六十三歳まで長生きした。


最後に、保科正之の誕生から幼少期の養育にかかわり、正之（幸松）の人格形成に大きな影響を与えた信松院、見性院の二人の武田信玄の娘のその後である。

信松院は八王子の下恩方の心源院で武田家の霊をとむらいながら、元和三年（1617）静かに息を引き取ったことは書いたが、見性院もその六年後、七十七歳の生涯を閉じた。

さいたま市の清泰寺に眠る見性院の墓には五十回忌、百回忌、百五十回忌、二百回忌にはいずれも会津松平家から使者が訪れている。現在でも、会津の関係者はしばしば墓所に詣でているという。会津の人々にとって会津松平の始祖、保科正之の命の恩人である見性院は決して忘れてはならない存在なのだろう。会津人の律儀さをものがたる話である。

歴史に「ｉｆ」という言葉はないが、もし幸松が生まれたとき、見性院が引き取らなかったら、そして高遠藩に預けられなかったら、幸松の運命はどうなっていたか、徳川幕府もどうなっていたかと思う。

それにしても徳川幕府最初の危機を救った男が、かつての宿敵武田信玄につながる人々に育てられたというのは歴史の皮肉と言うべきか、それとも「天の配剤」と言うべきか。

了

参考文献

武田信玄息女松姫さま　北島藤次郎著
高遠城の戦い　高遠町歴史博物館資料
江戸時代史（上）　三上三治著　講談社学術文庫
日本の歴史16『天下泰平』　横田冬彦著　講談社学術文庫
図録近世「武士生活史」入門辞典　武士生活研究会編　柏書房
大江戸役人役職読本　新人物往来社編　新人物往来社
徳川三代なるほど辞典　尾崎秀樹監修　東京堂出版
シリーズ藩物語「山形藩」　横山昭男著　現代書館
シリーズ藩物語「会津藩」　野口信一著　現代書館
江戸城　村井益男著　講談社学術文庫
災害復興の日本史　安田政彦著　吉川弘文館

＊「第1部」は隔月刊誌『企業家倶楽部』（企業家ネットワーク発行）に連載されたものに大幅加筆、修正した。

著者　髙橋　銀次郎（たかはし ぎんじろう）

1947年　東京に生まれる。

明治大学政治経済学部卒業。日本経済新聞社入社。その後、日経BP社の「日経ベンチャー」「日経ヘルス」の編集長を歴任。その後、(株)日経BP企画代表取締役社長を経て、(株)日経BPコンサルティング代表取締役社長となる。2011年3月、退任。

著書に『満天姫伝』(2012 叢文社)

託孤《たっこ》の契《ちぎ》り

発行　二〇一四年八月一日　初版第1刷

著　者　髙橋銀次郎
発行人　伊藤太文
発行元　株式会社　叢文社
〒112－0014
東京都文京区関口一－四七－一二江戸川橋ビル
電　話　〇三（三五一三）五二八五
FAX　〇三（三五一三）五二八六

印刷、製本　モリモト印刷

定価はカバーに表示してあります。

乱丁、落丁についてはお取り替えいたします。


ISBN978-4-7947-0728-4

絶賛発売中

満天姫伝《まてひめでん》

髙橋銀次郎

大切なものを守るため、私は闘う。

家康、天海、そして満天姫の祈りが向う先は… 家康の養女となり、福島正則の養嗣子正之に嫁いだ満天姫。幸せな日々は続かず、策にはまり正之は餓死に追い込まれる。戻った満天姫を家康が送り込んだ先は、みちのく津軽藩。しかし津軽にはすでに正室がいた。正之の遺児を家臣大道寺の養子とし、母子の愛を深めることもかなわずに、満天姫が守り抜かなければならなかったものとは……成長した我が子大道寺直秀が福島藩の存続のため、決断したとき満天姫がやるべきことはひとつだった。

本体一六〇〇円＋税　978-4-7947-0678-2